PLANILANDIA

EDWIN A. ABBOTT

370

CLÁSICOS DE CIENCIA FICCIÓN

PLANILANDIA
UNA NOVELA DE MUCHAS DIMENSIONES

EDWIN A. ABBOTT

DOS INTRODUCCIONES Y UN PREFACIO
ORIGINALES

Planilandia: una novela de muchas dimensiones
Primera Edición, noviembre de 2024

© Libros Mablaz, Madrid, 2024
www.librosmablaz.com

© De esta edición, Editorial Libros Mablaz

blogs:
Editorial Libros Mablaz
http://editoriallibrosmablazycienciaficcion.blogspot.com.es/
Ciencia ficción y fantasía en Libros Mablaz:
http://mablazlibros.blogspot.com.es/
Introducción a las obras de Libros Mablaz:
http://librosmablazextractos.blogspot.com.es/
Libros Mablaz en Facebook:
https://www.facebook.com/groups/530547690292189/
Tu Librería en Casa:
https://www.facebook.com/TuLibreriaEnCasa
Librería Libros Mablaz en Todocolección:
https://www.todocoleccion.net/librosmablaz_vendedorTC

Diseño de cubiertas: Mari Carmen López

ISBN: 978-84-129339-9-4
Depósito Legal: M-26181-2024

LIBROS MABLAZ - 370

Planilandia:

Una novela de muchas dimensiones

Edwin A. Abbott

INTRODUCCIÓN
Nota

PLANILANDIA, publicada por primera vez en 1884 con el pseudónimo «A. Square», ha ocupado un lugar único en la literatura científica fantástica a lo largo de un siglo.

Esta encantadora narración de un mundo bidimensional, obra de Edwin A. Abbott (1838-1926), eclesiástico inglés y estudioso de Shakespeare, cuya vocación eran las matemáticas, se ha hecho famosa como exposición sin par de los conceptos geométricos y como una sátira mordaz del mundo jerárquico de la Inglaterra victoriana.

"O day and night, but this is wondrous strange"

Ten Dim.

FLATLAND

Five Dimen. Eight D.

Six Dimen.

Nine

Four Dim. en.

No Dimensions
•
POINTLAND

A ROMANCE
OF MANY DIMENSIONS

By A Square

(Edwin A. Abbott)

One Dimension
—
LINELAND

Two Dimensions

FLATLAND

Three Dimensions

SPACELAND

THE HALL

MY STUDY
The Page
MY BEDROOM
My Sons
MY WIFE'S APARTMENTS
My Maid Servant

MEN'S DOOR
My Wife

WOMEN'S DOOR
The Scullion
The Footman
The Butler

My Grandsons

THE CELLAR

Policeman   Policeman

"And therefore as a stranger give it welcome."

BASIL BLACKWELL · OXFORD

Price Seven Shillings and Sixpence net

8

Introducción

HE AQUÍ UNA aventura conmovedora de matemáticas puras, una fantasía de espacios extraños poblados por figuras geométricas; figuras geométricas que piensan y hablan y tienen todas las emociones humanas. No es ningún relato intrascendente de ciencia-ficción. Su objetivo es instruir, y está escrito con maestría sutil. Empieza a leerla y caerás bajo su hechizo. Si eres joven de corazón y aún se agita dentro de ti la capacidad de asombro, leerás sin pausa hasta llegar, lamentándolo, al final. No sospecharás sin embargo cuándo se escribió el relato y qué clase de hombre lo escribió.

Actualmente el espacio-tiempo y la cuarta dimensión son palabras familiares. Pero *Planilandia*, con su animado cuadro de una, dos, tres y más dimensiones, no se concibió en la época de la relatividad. Se escribió hace unos setenta años, cuando Einstein no era más que un niño y la idea del espacio-tiempo quedaba a casi un cuarto de siglo en el futuro.

En aquellos días lejanos los matemáticos profesionales imaginaban ya, ciertamente, espacios de todo número de dimensiones. También los físicos estaban trabajando, en sus teorizaciones, con espacios-gráficos de dimensionalidad arbitraria. Pero se trataba de cuestiones de teoría abstracta. No había un clamor público por su dilucidación; el público apenas sabía que existían.

Podría pensarse, pues, que Edwin A. Abbott tenía que ser un matemático o un físico para escribir *Planilandia*. Pero no era ninguna de esas cosas. Era, en realidad, un maestro de escuela, un director de escuela, nada menos, y muy distinguido además. Pero su campo eran los clásicos, y sus intereses primordiales la literatura y la teología, sobre las que escribió varios libros. ¿Parece esta la clase de hombre que podría escribir una aventura matemática absorbente? Tal vez el propio Abbott pensase que no, pues publicó *Planilandia* con pseudónimo, como si temiese que pudiera empañar la dignidad de sus obras más ortodoxas, cuya autoría reconoció sin reticencia alguna.

A nuestras ideas del espacio y el tiempo les han sucedido muchas cosas desde que salió a la luz *Planilandia*. Pero, a pesar de tanto hablar de una cuarta dimensión, los fundamentos de la dimensionalidad no han cambiado. Mucho antes de que apareciese la teoría de la relatividad, los científicos consideraban el tiempo una dimensión extra. En aquella época lo veían como una dimensión aislada y solitaria que se mantenía aparte de las tres dimensiones del espacio. En la relatividad, el tiempo pasó a entremezclarse inextricablemente con el espacio para formar un mundo auténticamente cuatridimensional; y este mundo cuatridimensional resultaría ser un mundo curvo.

Estos procesos modernos son menos significativos de lo que se podría suponer para el relato de *Planilandia*. Tenemos realmente cuatro dimensiones. Pero incluso en la relatividad, no son todas del mismo género. Sólo tres son espaciales. La cuarta es temporal; y no podemos movernos libremente en el tiempo. No podemos regresar a los días que ya han pasado, ni evitar la llegada del mañana. No podemos tampoco acelerar ni retardar nuestro viaje hacia el futuro. Somos como desventurados pasajeros de una escalera mecánica atestada, transportados implacablemente hacia adelante hasta que llega nuestro piso concreto y nos bajamos en un lugar donde no hay tiempo, mientras el material que compone nuestros cuerpos continúa su viaje en la escalera inexorable... quizás eternamente.

Tiempo, el tirano, domina en Planilandia lo mismo que en nuestro propio mundo.

Con relatividad o sin ella, aún tenemos sólo una dimensión más que las criaturas de la imaginación de Abbott; aún tenemos sólo tres dimensiones espaciales frente a las dos que tienen ellas. Los habitantes de Planilandia son seres sensibles, a quienes atribulan nuestros problemas y conmueven nuestras emociones. Aunque sean planos físicamente, sus características están bien redondeadas. Son parientes nuestros, de carne y hueso como nosotros. Retozamos con ellos en Planilandia. Y retozando, nos hallamos de pronto nosotros mismos contemplando de un modo nuevo nuestro mundo rutinario con el asombro boquiabierto de la juventud.

En Planilandia podíamos escapar de una prisión bidimensional pasando brevemente a la tercera dimensión y saliendo de ella al otro lado de la pared de la cárcel.

Pero eso es porque esa tercera dimensión es espacial. Nuestra cuarta dimensión, el tiempo, aunque sea una verdadera dimensión, no nos permite escapar de una cárcel tridimensional. Nos permite salir, pues si esperamos pacientemente a que pase el tiempo, nuestra condena se habrá cumplido y nos pondrán en libertad. Pero no es posible una fuga, claro está. Para fugarnos debemos viajar a través del tiempo hasta un momento en que la cárcel esté abierta de par en par o en ruinas o no se haya construido aún; y entonces, una vez hayamos salido, debemos invertir la dirección de nuestro viaje en el tiempo para volver al presente.

A pesar de los años transcurridos, tan densos en acontecimientos, este relato de casi setenta años de antigüedad no muestra el menor signo de envejecimiento. Se mantiene tan lleno de vida como siempre, un clásico intemporal de perenne fascinación que parece escrito para hoy. Desafía, como todo arte grande, al tirano Tiempo.

Banes H. Hoffmann

Prefacio de la segunda edición revisada, 1884

SI MI POBRE amigo de Planilandia conservase el vigor mental de que gozaba cuando empezó a redactar estas memorias, no tendría yo ahora necesidad de representarle en este prefacio, en el que él desea, primero, dar las gracias a sus lectores y críticos de Espaciolandia, cuya estimación de su obra ha exigido, con inesperada celeridad, una segunda edición de ella, segundo, disculparse por ciertos errores y erratas (de las que él no es sin embargo enteramente responsable); y, tercero, explicar una o dos concepciones erróneas. Pero él no es ya el Cuadrado que fue una vez. Años de presidio, y la carga aún más pesada de la incredulidad y burla generales, unidos a la decadencia natural de la vejez, han borrado de su mente muchas ideas y conceptos, y también mucha de la terminología que adquirió durante su corta estancia en Espaciolandia. Me ha rogado por ello que conteste en su nombre a dos objeciones específicas, de naturaleza intelectual una y de naturaleza moral la otra.

La primera objeción es que un *planilandés*, al ver una línea, ve algo que debe ser grueso y a la vez largo a la vista (pues no sería visible si no tuviese algún grosor); y en consecuencia debería (se alega) reconocer que sus compatriotas no son sólo largos y anchos sino también (aunque sin duda en un grado muy débil) gruesos o altos. Esta objeción es plausible, y, para los *espaciolandeses*, casi irrebatible, así que, lo confieso, cuando la oí por primera vez, no supe qué contestar. Pero la respuesta de mi pobre y buen amigo me parece que la contesta satisfactoriamente.

—Admito —dijo él, cuando le mencioné esta objeción—, admito la veracidad de los datos de vuestro crítico, pero rechazo sus conclusiones. Es cierto que tenemos en realidad en Planilandia una tercera dimensión no reconocida llamada «altura», lo mismo que es cierto que vosotros en Espaciolandia tenéis en realidad una cuarta dimensión no reconocida, a la que no se le da ningún nombre en este momento, pero que yo llamaré «altura extra». Y el hecho es que nosotros no podemos tener más conocimiento de nuestra «altura» del que podéis tener vosotros de vuestra «altura extra». Y ni siquiera yo (que he estado en Espaciolandia y he tenido el privilegio de asimilar durante veinticuatro horas el concepto de «altura»), ni siquiera yo puedo ahora comprenderlo, al no apreciarlo con el sentido de la vista o por algún proceso de razón; sólo puedo captarlo por fe.

«La razón es obvia. Dimensión implica dirección, implica medición, implica el más y el menos. Ahora bien, todas nuestras líneas tienen un grosor (o una altura, si lo preferís) igual e infinitesimal; no hay consecuentemente nada en ellas que induzca a nuestra mente a concebir esa dimensión. Ningún "delicado micrómetro" (como ha sugerido uno de esos críticos demasiado precipitados de Espaciolandia) nos avalaría lo más mínimo, pues no sabíamos qué medir, ni en qué dirección. Cuando nosotros vemos una línea, vemos algo que es largo y brillante; para la existencia de una línea es necesario el brillo además de la longitud; si se esfuma el brillo, la línea se extingue. Por tanto, todos mis amigos de Planilandia (cuando hablo con ellos sobre la dimensión no reconocida que es de algún modo visible en una línea) dicen: "Ah, os referís al brillo"; y cuando yo contesto: "No, me refiero a una dimensión real", ellos replican inmediatamente: "Entonces medidla, o decidnos en qué dirección se extiende", y nada puedo decir a esto, pues no puedo hacer ni una cosa ni otra. Sólo ayer, cuando el círculo jefe (o, dicho de otro modo, nuestro Sumo Sacerdote) vino a inspeccionar la Prisión del Estado y me hizo su séptima visita anual, y cuando por séptima vez me preguntó si estaba mejor, intenté demostrarle que era "alto", además de largo y ancho, aunque él no lo supiese. Pero, ¿cuál fue su respuesta? "Me decís que soy `alto´; medid mi altitud y os creeré. ¿Qué podía hacer yo? ¿Cómo podía afrontar su reto? Me quedé abrumado, y él abandonó la habitación triunfante.

»¿Aún os parece extraño esto? Pues emplazaos en una situación similar. Imaginad que una persona de la cuarta dimensión, que se dignase visitaros, os dijese: "Siempre que abrís los ojos, veis un plano, pero en realidad veis también (aunque no lo reconozcáis) una cuarta dimensión, que no es ni color ni brillo ni nada por el estilo, sino una verdadera dimensión, aunque yo no puedo indicaron su dirección, ni vos podáis posiblemente medirla". ¿Qué le diríais a ese visitante? ¿No le haríais encerrar? Bien, pues ese es mi destino; y es tan natural para nosotros los *planilandeses* encerrar a un cuadrado por predicar la tercera dimensión, como lo es para vosotros los espaciolandeses encerrar a un cubo por predicar la cuarta. ¡Ay, qué similitud familiar tan fuerte recorre por todas las dimensiones a la ciega y perseguidora humanidad! Puntos, líneas, cuadrados, cubos, extracubos... todos somos proclives a los mismos errores, todos igual de esclavos de nuestros respectivos prejuicios dimensionales, tal como ha dicho uno de vuestros poetas de Espaciolandia:

"Un toque de Natura hace todos los mundos afines".

La defensa del cuadrado en este punto me parece irrebatible. Ojalá pudiese decir que su respuesta a la objeción segunda (o moral) fue igual de clara y convincente. Se ha objetado que es un misógino; y como esta objeción la han aducido vehementemente quienes por decreto de Naturaleza constituyen algo más de la mitad de la raza de Espaciolandia, me gustaría eliminarlo, en la medida en que se pueda honradamente hacerlo. Pero el cuadrado está tan poco familiarizado con el uso de la terminología moral de Espaciolandia que estaría cometiendo con él una injusticia si me pusiese a transcribir literalmente su defensa contra esta acusación. Actuando, por tanto, como su intérprete y resumidor, deduzco que en el curso de una condena de prisión de siete años él ha modificado sus puntos de vista personales, tanto respecto a las mujeres como respecto a los isósceles y clases más bajas. En la actualidad se inclina personalmente por la opinión de la esfera de que las líneas rectas son en muchos sentidos importantes y superiores a los círculos. Pero, al escribir como un historiador, se ha identificado (quizás demasiado íntimamente) con las ideas adoptadas en general por los historiadores de Planilandia y (de acuerdo con la información que recibió) incluso de Espaciolandia, en cuyas páginas (hasta fecha muy reciente) los destinos de las mujeres y de las masas del género humano raras veces se han considerado dignas de mención y jamás de consideración detallada.

En un pasaje aún más obscuro desea ahora rechazar las tendencias circulares o aristocráticas que le han atribuido despreocupadamente algunos críticos. Aunque él, haciendo justicia a la capacidad intelectual con que unos pocos círculos han mantenido durante muchas generaciones su supremacía sobre inmensas multitudes de compatriotas suyos, cree que los datos de Planilandia, por sí solos, sin comentarios suyos, proclaman que la Revolución no puede siempre reprimirse a través de la matanza, y que Natura, al condenar a los círculos a la esterilidad, les ha condenado al fracaso final... «y por ello», dice, «veo que se cumple la gran ley de todos los mundos, que aunque la sabiduría del Hombre crea que está haciendo una cosa, la sabiduría de Natura le constriñe a hacer otra cosa completamente distinta y mucho mejor». Por lo demás, ruega a sus lectores que no den por supuesto que cada minúsculo detalle de la vida diaria de Planilandia haya de corresponderse necesariamente con algún otro detalle de Espaciolandia; y, pese a ello, alberga la esperanza de que su obra, considerada en su conjunto, pueda resultar sugerente además de entretenida, para los espaciolandeses de inteligencia sencilla y modesta que (hablando de lo que es de la máxima importancia, pero excede los límites de la experiencia) se niegan a decir por una parte «Esto no puede ser» y, por otra, «Tiene que ser exactamente así y sabemos todo lo que hay que saber sobre el asunto».

El Editor

Dedicatoria

Esta obra se la dedica

A

Los habitantes del ESPACIO EN GENERAL
y a H. C. EN PARTICULAR
un humilde nativo de Planilandia,
con la esperanza de que
aunque fue iniciado en los misterios
de las TRES dimensiones
habiendo estado familiarizado previamente
con SÓLO DOS
los ciudadanos de esa región celeste puedan
aspirar a elevarse más y más
hasta los secretos de CUATRO, CINCO O HASTA SEIS
dimensiones
contribuyendo así a ampliar LA IMAGINACIÓN
y al posible desarrollo
del rarísimo y excelentísimo don de la MODESTIA
entre las razas superiores
de la HUMANIDAD SÓLIDA.

EDWIN A. ABBOTT

PLANILANDIA

Una novela de muchas dimensiones

PRIMERA PARTE: ESTE MUNDO

«Sé paciente, pues el mundo es ancho y extenso.»

1. Sobre la naturaleza de Planilandia

LLAMO A NUESTRO mundo Planilandia, no porque nosotros le llamemos así, sino para que os resulte más clara su naturaleza a vosotros, mis queridos lectores, que tenéis el privilegio de vivir en el espacio.

Imaginad una vasta hoja de papel en la que líneas rectas, triángulos, cuadrados, pentágonos, hexágonos y otras figuras, en vez de permanecer fijas en sus lugares, se moviesen libremente, en o sobre la superficie, pero sin la capacidad de elevarse por encima ni de hundirse por debajo de ella, de una forma muy parecida a las sombras (aunque unas sombras duras y de bordes luminosos) y tendríais entonces una noción bastante correcta de mi patria y de mis compatriotas. Hace unos años, ay, debería haber dicho «mi universo», pero ahora mi mente se ha abierto a una visión más elevada de las cosas.

En un país de estas características, comprenderéis inmediatamente que es imposible que pudiese haber nada de lo que vosotros llamáis género «sólido»; pero me atrevo a decir que supondréis que nosotros podríamos al menos distinguir con la vista los triángulos, los cuadrados y otras figuras, moviéndose de un lado a otro tal como las he descrito yo. Por el contrario, no podríamos ver nada de ese género, al menos no hasta el punto de distinguir una figura de otra. Nada era visible, ni podía ser visible, para nosotros, salvo líneas rectas; y demostraré enseguida la inevitabilidad de esto.

Poned una moneda en el centro de una de vuestras mesas de Espacio; e inclinándoos sobre ella, miradla. Parecerá un círculo. Pero ahora, retroceded hasta el borde de la mesa, id bajando la vista gradualmente (situándoos poco a poco en la condición de los habitantes de Planilandia) y veréis que la moneda se va haciendo oval a la vista; y, por último, cuando hayáis situado la vista exactamente en el borde de la mesa (hasta convertiros realmente, como si dijésemos, en un planilandés) la moneda habrá dejado por completo de parecer ovalada y se habrá convertido, desde vuestro punto de vista, en una línea recta.

Lo mismo pasaría si obraseis de modo similar con un triángulo, o un cuadrado, o cualquier otra figura recortada en cartón. En cuanto la miraseis con los ojos puestos en el borde de la mesa, veríais que dejaría de pareceros una figura y que adoptaría la apariencia de una línea recta. Coged, por ejemplo, un triángulo equilátero, que representa entre nosotros un comerciante de la clase respetable. La fig. 1 representa al comerciante tal como le veríais cuando os inclinaseis sobre él y le miraseis desde arriba; las figs. 2 y 3 representan al comerciante como le veríais al acercaros al nivel de la mesa y ya casi en él; y si vuestros ojos estuviesen al nivel de la mesa (y así es como le vemos nosotros en Planilandia) no veríais nada más que una línea recta.

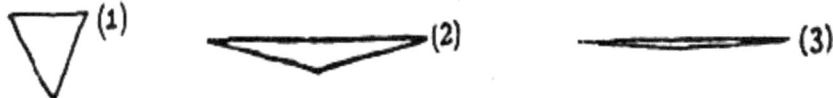

Cuando yo estaba en Espaciolandia oí decir que vuestros marineros tienen experiencias muy parecidas cuando atraviesan vuestros mares y avistan una isla o una costa lejana en el horizonte. Ese litoral distante puede tener bahías, promontorios, ángulos hacia dentro y hacia fuera en cantidades y dimensiones diversas; pero a distancia no veis nada de eso (salvo que se dé el caso de que vuestro sol brille intensamente sobre ellos revelando las proyecciones y retrocesos por medio de luces y sombras), sólo una línea gris ininterrumpida sobre el agua.

Bien, pues eso es justamente lo que nosotros vemos cuando uno de nuestros conocidos triangulares o de otro tipo viene hacia nosotros en Planilandia. Como en nuestro caso no hay sol, ni ninguna luz de ese género que pueda hacer sombras, no tenemos ninguna de esas ayudas que tenéis vosotros en Espaciolandia. Si nuestro amigo se acerca más a nosotros vemos que su línea se hace mayor; si se aleja se hace más pequeña; pero de todos modos parece una línea recta; sea un triángulo, un cuadrado, un pentágono, un hexágono, un círculo, lo que queráis... parece una línea recta y nada más.

Es posible que os preguntéis cómo con estas circunstancias desventajosas somos capaces de distinguir unos de otros a nuestros amigos: pero la respuesta a esta pregunta, muy natural, se dará con mayor facilidad y exactitud cuando pasemos a describir a los habitantes de Planilandia. Permitidme aplazar la cuestión de momento y decir un par de cosas sobre el clima y las viviendas de nuestro país.

2. Sobre el clima y las casas de Planilandia

TAMBIÉN EN NUESTRO caso hay, lo mismo que en el vuestro, cuatro puntos cardinales, norte, sur, este y oeste.

Al no haber sol ni ninguna otra clase de cuerpos celestes, nos resulta imposible determinar el norte de la forma usual; pero tenemos un método propio. Por una ley de la Naturaleza que se da entre nosotros, hay una atracción constante hacia el sur; y, aunque en los climas templados esta fuerza de atracción es muy leve (de manera que hasta una mujer con una salud razonable puede viajar varios estadios hacia el norte sin gran dificultad), el efecto obstaculizador es, sin embargos suficiente para servir como brújula en la mayoría de las zonas de nuestra tierra. Además, la lluvia (que cae a intervalos regulares) viene siempre del norte, constituyendo así una ayuda adicional; y en las ciudades nos sirven de guía las casas, cuyas paredes laterales van, claro estás en general, de norte a sur, de manera que los tejados puedan proteger de la lluvia del norte. En el campo, donde no hay casas, sirven también como una especie de guía los troncos de los árboles. No nos resulta en general tan difícil orientarnos como podría esperarse.

Sin embargo, en nuestras regiones más templadas, en las que la atracción hacia el sur es casi imperceptible, me ha sucedido a veces, yendo por una llanura completamente despoblada, donde no había casas ni árboles que pudieran guiarme, que me he visto obligado a detenerme y quedarme parado varias horas seguidas, esperando a que llegase la lluvia para poder seguir. Entre los débiles y los ancianos, y especialmente en las mujeres delicadas, la fuerza de atracción se acusa con mucha más intensidad que entre las personas robustas del sexo masculino, de manera que es un detalle de buena educación, si encuentras una dama en la calle, cederle siempre el lado norte... no resulta siempre cosa fácil de hacer rápidamente, ni mucho menos, cuando no se goza de buena salud y en un clima donde es difícil distinguir el norte del sur.

Nuestras casas no tienen ventanas: la luz nos llega de igual modo dentro de nuestras casas que fuera de ellas, de día y de noche, igual en todas las épocas y en todos los lugares, sin que sepamos de dónde viene. Se trata de una cuestión interesante, ésta del origen de la luz, investigada a menudo en los tiempos antiguos y que, aunque se ha intentado aclarar repetidamente, el único resultado ha sido llenar nuestros manicomios con los presuntos aclaradores. En consecuencia, después de muchas tentativas infructuosas de disuadir indirectamente a los interesados en tales investigaciones, imponiendo sobre ellas un pesado gravamen, los legisladores las prohibieron del todo en una fecha relativamente reciente. Yo (desgraciadamente, sólo yo en Planilandia) conozco ya demasiado bien la verdadera solución de este misterioso problema; pero mi conocimiento no puede hacerse inteligible ni a uno solo de mis compatriotas; ¡y soy objeto de burla (yo, el único que conoce las verdades del espacio y la teoría de la penetración de la luz desde el mundo de tres dimensiones) como si fuese el más loco de los locos!

Pero concedámonos una tregua en estas dolorosas digresiones: volvamos a nuestras casas.

La forma más común para la construcción de una casa es la de cinco lados o pentagonal, como en la figura adjunta. Los dos lados norte RO, O F, forman el techo, y la mayoría de ellas no tienen puertas; en el este hay una puertecita para las mujeres; en el oeste, una mucho mayor para los hombres; el lado sur o suelo carece normalmente de puertas.

No están permitidas las casas cuadradas y triangulares, y la razón es la siguiente. Al ser los ángulos de un cuadrado (y aún más los de un triángulo equilátero) mucho más puntiagudos que los de un pentágono, y al ser las líneas de los objetos inanimados (como las casas) mucho menos nítidas que las de los hombres y las mujeres, se sigue de ello que hay no poco peligro de que las puntas de una residencia cuadrada o triangular pudiesen herir gravemente a un viajero imprudente o tal vez distraído que se diese de pronto contra ellos: así que desde fecha tan temprana como el siglo XI de nuestra era, quedaron universalmente prohibidas por Ley las casas triangulares, sin más excepciones que las fortificaciones, los polvorines, los cuarteles y otros edificios públicos, a los que no es deseable que el ciudadano en general se acerque sin una cierta circunspección.

En ese período aún estaban permitidas en todas partes las casas cuadradas, aunque se gravaba su construcción con un impuesto especial. Pero, unos tres siglos después, el cuerpo legislativo decidió que en todas las ciudades con una población superior a los diez mil habitantes, el ángulo de un pentágono era el más pequeño que se podía considerar compatible con la seguridad pública en las viviendas. El buen sentido de la comunidad ha secundado los esfuerzos del legislativo, y ahora, en el campo incluso, la construcción pentagonal ha desbancado a todas las demás. Sólo de cuando en cuando, y en algún distrito agrícola muy remoto y atrasado, puede aún descubrir un anticuario una casa cuadrada.

3. Sobre los habitantes de Planilandia

LA MÁXIMA LONGITUD o anchura de un habitante plenamente desarrollado de Planilandia puede considerarse que es de unos veintisiete centímetros y medio. Los treinta centímetros puede considerarse un máximo.

Nuestras mujeres son líneas rectas.

Nuestros soldados y clases más bajas de trabajadores son triángulos, con dos lados iguales de unos veintisiete centímetros de longitud, y una base o tercer lado tan corto (no supera a menudo el centímetro y cuarto) que sus vértices forman un ángulo muy agudo y formidable. De hecho, cuando sus bases son del tipo más degradado (no más de 0,30 cm. de tamaño), difícilmente se pueden diferenciar de las líneas rectas o mujeres, por lo extremadamente puntiagudos que llegan a ser sus vértices. En nuestro caso, como en el vuestro, estos triángulos se diferencian de los otros porque se les llama isósceles; y con este nombre me referiré a ellos en las páginas siguientes.

Nuestra clase media está formada por triángulos equiláteros, o de lados iguales. Nuestros profesionales y caballeros son cuadrados (clase a la que yo mismo pertenezco) y figuras de cinco lados o pentágonos. Inmediatamente por encima de éstos viene la nobleza, de la que hay varios grados, que se inician con las figuras de seis lados, o hexágonos. A partir de ahí va aumentando el número de lados hasta que reciben el honorable título de poligonales, o de muchos lados. Finalmente, cuando el número de lados resulta tan numeroso (y los propios lados tan pequeños) que la figura no puede distinguirse de un círculo, ésta se incluye en el orden circular o sacerdotal; y ésta es la clase más alta de todas.

Es una ley natural entre nosotros el que un hijo varón tenga un lado más que su padre, de modo que cada generación se eleva (como norma) un escalón en la escala de desarrollo y de nobleza. El hijo de un cuadrado es, pues, un pentágono; el hijo de un pentágono, un hexágono; y así sucesivamente.

Pero esta norma no se cumple siempre en el caso de los comerciantes, y aún menos en el de los soldados y los trabajadores, que difícilmente puede decirse, en realidad, que merezcan el nombre de figuras humanas, pues no tienen todos sus lados iguales. En su caso, por tanto, no se cumple la ley natural; y el hijo de un isósceles (i.e. un triángulo con dos lados iguales) continúa siendo isósceles. Sin embargo, no está descartada toda esperanza, incluso en el caso del isósceles, de que su posteridad pueda finalmente elevarse por encima de su condición degradada. Pues, tras una larga serie de éxitos militares, o de hábiles y diligentes esfuerzos, resulta generalmente que los más inteligentes de las clases de los artesanos y los soldados manifiestan un leve incremento de su tercer lado o base, y un encogimiento de los otros dos. Los matrimonios (preparados por los sacerdotes) entre los hijos e hijas de estos miembros más intelectuales de las clases más bajas dan generalmente como fruto un vástago que se acerca aún más al tipo del triángulo de lados iguales.

Es raro (en comparación con el inmenso número de nacimientos isósceles) que surja de padres isósceles un triángulo equilátero genuino y certificable.[3] Tal nacimiento requiere, como sus antecedentes, no sólo una serie de matrimonios mixtos cuidadosamente planificados, sino también un largo e ininterrumpido ejercicio de frugalidad y dominio de sí por parte de los presuntos ancestros del futuro equilátero, y un desarrollo paciente, sistemático y continuo del intelecto isósceles a lo largo de varias generaciones.

El nacimiento de un triángulo equilátero auténtico de padres isósceles es en nuestro país motivo de gozo en varios estadios a la redonda. Tras un examen riguroso realizado por el consejo sanitario y social, el niño, si se certifica su regularidad, es admitido, con solemne ceremonial, en la clase de los equiláteros. Se le separa luego de sus orgullosos pero apenados padres y lo adopta algún equilátero sin hijos, que se compromete por juramento a no permitir nunca que el niño vuelva a entrar en su antiguo hogar o incluso que llegue a ver de nuevo a sus padres, por temor a que el organismo recién desarrollado pueda, por influencia de una imitación inconsciente, recaer en su nivel hereditario.

El esporádico surgimiento de un equilátero de entre las filas de sus ancestros nacidos en la servidumbre lo acogen favorablemente no sólo los pobres siervos mismos, como un brillo de luz y esperanza que se derrama sobre la miseria monótona de su existencia, sino también la aristocracia en su conjunto, ya que las clases más altas comprenden perfectamente que estos raros fenómenos, aunque hagan poco o nada por degradar sus propios privilegios, sirven como una utilísima barrera contra una revolución desde abajo.

Si la chusma acutángulo hubiese estado sin excepción absolutamente privada de esperanza y de ambición podría haber hallado, en alguno de sus numerosos estallidos sediciosos, dirigentes con capacidad para convertir su fuerza y número superiores en algo excesivo incluso para la sabiduría de los círculos. Pero una sabia regla de Naturaleza ha decretado que el aumento de inteligencia, conocimiento y todo género de virtudes entre los miembros de las clases trabajadoras, vaya acompañado siempre de un aumento proporcional y equivalente del ángulo agudo (que es el que los hace físicamente terribles) que lo aproxime al ángulo relativamente inofensivo del triángulo equilátero. Sucede así que, entre los miembros más brutales y temibles de la clase militar (criaturas que se sitúan casi al mismo nivel que las mujeres en cuanto a la escasez de inteligencia), cuando aumenta la capacidad mental necesaria para emplear positivamente su tremenda capacidad de penetración, decrece esa misma capacidad de penetración.

¡Qué admirable es esta Ley de Compensación! ¡Y qué prueba tan perfecta de la armonía natural y, casi podría decir, del ori gen divino de la constitución aristocrática de los estados de Planilandia! Mediante un uso juicioso de esta ley de Naturaleza, los polígonos y los círculos son casi siempre capaces de sofocar la sedición cuando aún está en mantillas, aprovechando esa capacidad de esperanza ilimitada e invencible de la mente humana. También el arte acude en ayuda de la ley y el orden. Se considera generalmente posible (con una ligera compresión o expansión practicada por los médicos del Estado) convertir a algunos de los caudillos más inteligentes de una rebelión en individuos perfectamente regulares y admitirlos inmediatamente en las clases privilegiadas; a un número mucho mayor aún, que todavía se encuentran por debajo de la norma, encandilado s por la posibilidad de acabar también ennoblecidos, se les induce a ingresar en los hospitales del estado, donde se les mantiene en honorable confinamiento de por vida; sólo uno o dos de los más obstinados, necios e incorregiblemente irregulares acaban siendo ejecutados.

Entonces la chusma desdichada de los isósceles, sin planes ni dirigentes, son o atravesados sin resistencia por un pequeño cuerpo de sus propios hermanos a los que el círculo jefe tiene a sueldo para emergencias de este género, o bien (y es lo más frecuente) se les empuja, mediante el hábil estímulo por parte del partido circular de las envidias y sospechas que existen entre ellos, a una lucha intestina en la que perecen víctimas de sus mutuos ángulos. Nuestros anales registran nada menos que ciento veinte levantamientos, sin contar los estallidos menores, que suman los doscientos treinta y cinco; y todos ellos han terminado así.

Edwin Abbott Abbott

4. Sobre las mujeres

SI ESOS TRIÁNGULOS nuestros tan puntiagudos de la clase militar son temibles, fácilmente se puede deducir que lo son mucho más nuestras mujeres. Porque si un soldado es una cuña, una mujer es una aguja, ya que es, como si dijéramos, toda punta, por lo menos en las dos extremidades. Añádase a esto el poder de hacerse prácticamente invisible a voluntad, y comprenderéis que una mujer es, en Planilandia, una criatura con la que no se puede jugar.

Es posible, sin embargo, que algunos de mis lectores más jóvenes se pregunten cómo puede hacerse invisible una mujer en Planilandia. Esto debería resultar evidente para todos, creo yo, sin ninguna necesidad de explicación. Añadiré, no obstante, unas palabras aclaratorias para los menos reflexivos.

Poned una aguja en una mesa. Luego, con la vista al nivel de la mesa, miradla de lado, y veréis toda su longitud; pero miradla por los extremos y no veréis más que un punto, se ha hecho prácticamente invisible. Lo mismo sucede con una de nuestras mujeres. Cuando tiene un lado vuelto hacia nosotros, la vemos como una línea recta; cuando el extremo contiene su ojo o boca (pues entre nosotros esos dos órganos son idénticos) esa es la parte que encuentra nuestra vista, con lo que no vemos nada más que un punto sumamente lustroso; pero cuando se nos ofrece a la vista la espalda, entonces (al ser sólo *sublus-trosa* y casi tan mate, en realidad, como un objeto inanimado) su extremidad posterior le sirve como una especie de tope invisible.

Los peligros a los que estamos expuestos en Planilandia por causa de nuestras mujeres deben resultar ya evidentes hasta para el menos perspicaz. Si ni siquiera el ángulo de un respetable triángulo de clase media está libre de riesgos, si tropezar con un trabajador significa un corte profundo, si la colisión con un oficial de la clase militar produce necesariamente una herida grave, si el simple roce del vértice de un soldado raso entraña peligro de muerte... ¿Qué puede significar tropezar con una mujer, salvo destrucción absoluta e inmediata? Y cuando una mujer resulta invisible, o visible sólo como un punto mate sublustroso, ¡qué difícil es siempre, hasta para el más cauto, evitar la colisión!

Se han promulgado muchas leyes en diferentes épocas, en los diversos estados de Planilandia, con el fin de reducir al mínimo este peligro. Y en los climas meridionales y menos templados, donde la fuerza de la gravedad es mayor y los seres humanos, más proclives a movimientos casuales e involuntarios, las leyes relativas a las mujeres son, como es natural, mucho más estrictas. Pero el resumen siguiente permitirá hacerse una idea general del código:

1. Las casas tienen que tener todas una entrada en el lado este para uso exclusivo de las mujeres; todas las mujeres han de entrar por ella «de una forma apropiada y respetuosa» y no por la puerta oeste o de los hombres.

2. Ninguna mujer entrará en un lugar público sin emitir de forma continua su «grito de paz» bajo pena de muerte.

3. Toda mujer de la que se certifique oficialmente que padece del baile de san Vito, de ataques, de catarro crónico acompañado de estornudos violentos, será inmediatamente destruida.

En algunos estados hay una ley suplementaria que prohíbe a las mujeres, bajo pena de muerte, andar o estar paradas en un lugar público sin mover la espalda constantemente de derecha a izquierda, para indicar su presencia a los que están detrás de ellas; en otros estados se obliga a las mujeres a que vayan seguidas, cuando viajan, de uno de sus hijos, o de algún criado, o de su marido; otros las confinan completamente a sus casas, salvo durante las festividades religiosas. Pero los más sabios de nuestros círculos, es decir, de nuestros estadistas, han descubierto que multiplicar las restricciones que se aplican a las mujeres no sólo lleva al debilitamiento y la disminución de la especie sino que incrementa también el número de asesinatos domésticos, hasta tal punto que el estado pierde más de lo que gana con un código demasiado represivo.

Pues siempre que se exasperan los ánimos de las mujeres de ese modo con el confinamiento en el hogar o con normas obstaculizadoras fuera de él, éstas tienden a desahogar su irritación con sus maridos e hijos; y en los climas menos templados ha resultado destruido a veces el total de la población masculina de una aldea en una o dos horas de estallido simultáneo de violencia femenina. Por eso las tres leyes que hemos mencionado se consideran suficientes en los estados mejor regulados y pueden ser aceptadas como una ejemplificación aproximada de nuestro código femenino.

Después de todo, nuestra principal salvaguardia se halla, no en el legislativo, sino en los intereses de las propias mujeres. Pues, aunque puedan infligir la muerte instantánea con un movimiento retrógrado, si no pueden sacar enseguida su extremidad punzante del cuerpo forcejeante de su víctima en el que se ha clavado, pueden acabar destrozados también sus propios cuerpos.

Obra en favor nuestro así mismo el poder de la moda. Ya señalé que en algunos estados menos civilizados no se permite que una mujer esté parada en un lugar público sin menear la espalda de derecha a izquierda. Esta práctica ha sido universal, entre damas con alguna pretensión de buena crianza, en todos los estados bien gobernados, hasta donde alcanza el recuerdo de las figuras. Los estados consideran todos ellos una desgracia que tenga que imponerse por ley lo que debería ser, y es en toda mujer respetable, un instinto natural. La ondulación rítmica y bien armonizada, si se nos permite decirlo, de la parte de atrás de nuestras damas de rango circular la envidia e imita la esposa del vulgar equilátero, que únicamente puede conseguir un mero balanceo monótono, como el vaivén de un péndulo; y el tictac regular del equilátero es admirado e imitado en grado semejante por la esposa del isósceles progresista y con aspiraciones, en las mujeres de cuya familia ningún «movimiento trasero» de ningún género se ha convertido hasta ahora en una necesidad de la vida. Debido a ello el «movimiento trasero» está tan presente, en todas las familias que gozan de posición y consideración, como lo está el tiempo; y maridos e hijos gozan en esos hogares de inmunidad, al menos de ataques invisibles.

No hay que pensar, sin embargo, ni por un momento, que nuestras mujeres estén desprovistas de afecto. Pero predomina, desgraciadamente, la pasión del momento en el sexo débil por encima de cualquier otra consideración. Se trata, claro, de una necesidad que surge de su desdichada conformación. Pues, como no tienen pretensión alguna de ángulo, siendo inferiores a este respecto a los más bajos isósceles, se hallan totalmente desprovistas de capacidad cerebral, y no tienen ni reflexión ni juicio ni previsión y apenas si disponen de memoria. Por ello, en sus ataques de furia, no recuerdan ningún derecho ni aprecian ninguna diferenciación. Yo he conocido concretamente un caso en que una mujer exterminó a todos los habitantes de su hogar y, media hora después, cuando se había disipado su furia y se habían barrido los fragmentos, preguntó qué había sido de su marido y de sus hijos.

Es evidente, pues, que no se debe irritar a una mujer cuando se halle en una posición en la que pueda girarse. Cuando se encuentran en sus apartamentos (que están construidos con vistas a privarlas de ese poder) podéis decir y hacer lo que gustéis, pues allí les es completamente imposible efectuar tropelías, y no recordarán al cabo de unos minutos el incidente por el que pueden estar en ese momento amenazándoos con la muerte, ni las promesas que pueda haberos parecido necesario hacer para calmar su furia.

En términos generales, nuestras relaciones domésticas son bastante fluidas, salvo entre las capas más bajas de las clases militares. Entre ellas la falta de tacto y discreción por parte de los maridos produce a veces desastres indescriptibles. Estas criaturas insensatas, confiando demasiado en las armas ofensivas de sus ángulos agudos, en vez de en los órganos defensivos del buen sentido y las simulaciones oportunas, desdeñan con demasiada frecuencia la norma prescrita en la construcción de los apartamentos de las mujeres, o irritan a sus esposas fuera de casa con expresiones mal aconsejadas, de las que se niegan a retractarse inmediatamente. Además, un respeto obtuso y necio a la verdad literal les impide hacer esas espléndidas promesas con las que el círculo, más juicioso, puede pacificar en un momento a su consorte. El resultado es una matanza; lo que no deja de tener, por otra parte, sus ventajas, ya que elimina a los isósceles más brutales y problemáticos; y muchos de nuestros círculos consideran la destructibilidad del sexo más fino una de las muchas circunstancias providenciales que permiten eliminar población sobrante y cortar de raíz la revolución.

Sin embargo, no puedo decir que ni siquiera en nuestras familias mejor regidas y más cercanas a la circularidad sea tan elevado el ideal de vida de familia como lo es entre vosotros en Espaciolandia. Hay paz, en la medida en que puede aplicarse ese nombre a la ausencia de carnicería, pero hay inevitablemente poca armonía de gustos o actividades; y la cauta prudencia de los círculos ha garantizado la seguridad a costa del confort doméstico.

En todo hogar circular o poligonal ha habido desde tiempo inmemorial la costumbre (que se ha convertido ya en una especie de instinto entre las mujeres de nuestras clases superiores) de que las madres y las hijas tengan que mantener siempre los ojos y la boca dirigidos hacia sus maridos y amistades del sexo masculino; y si una dama de una familia distinguida le diese la espalda a su marido se consideraría como una especie de presagio, que entrañaría pérdida de estatus. Pero, como mostraré en breve, esta costumbre, aunque tenga la ventaja de la seguridad, no deja de tener sus inconvenientes.

En la casa del trabajador o del comerciante respetable (en que se permite a la esposa dar la espalda a su marido, mientras realiza sus tareas domésticas) hay al menos intervalos de calma, en que no se ve ni se oye a la esposa, salvo por el rumor *tatarareante* de su «grito de paz» continuado; pero en los hogares de las clases superiores es demasiado frecuente que no haya paz alguna. Allí la boca voluble y el ojo penetrante y luminoso están siempre dirigidos hacia el amo de la casa; y ni la misma luz es más insistente que la corriente del discurso femenino. El tacto y la habilidad necesarios para eludir el aguijón de una mujer no bastan para completar la tarea de cerrarle la boca; y como la esposa no tiene absolutamente nada que decir, y absolutamente ninguna traba de ingenio, sentido común o conciencia que le impida decirlo, no pocos cínicos han llegado a asegurar que prefieren el peligro del aguijón inaudible y mortífero de la mujer a la firme sonoridad de su otro extremo.

A mis lectores de Espaciolandia es posible que les parezca verdaderamente deplorable la condición de nuestras mujeres, y lo es, sin duda. Un varón del tipo más inferior de los isósceles puede albergar la esperanza de que se produzca una cierta mejora en su ángulo, y de un ascenso final de la totalidad de su casta degradada; pero ninguna mujer puede albergar la menor esperanza para su sexo. «La mujer siempre será mujer», es un decreto de Naturaleza; y hasta las propias leyes de la evolución parecen suspenderse en perjuicio suyo. Podemos admirar, de todos modos, ese prudente acuerdo previo según el cual, ya que las mujeres no tienen ninguna esperanza, no tengan tampoco recuerdos, ni previsión alguna que les permita anticipar las desgracias y humillaciones que son al mismo tiempo una necesidad de su existencia y la base de la constitución de Planilandia.

5. Sobre nuestros métodos de reconocimiento mutuo

VOSOTROS, QUE GOZÁIS de la sombra además de gozar de la luz, que estáis dotados de dos ojos, tenéis un conocimiento de la perspectiva y el privilegio de disfrutar de diversos colores; vosotros podéis ver realmente un ángulo y contemplar la circunferencia completa de un círculo en la feliz región de las tres dimensiones... ¿Cómo podré, pues, conseguir que veáis claramente la dificultad extrema que tenemos nosotros en Planilandia para identificar nuestras recíprocas configuraciones?

Recordad lo que os expliqué antes. Todos los seres de Planilandia, animados e inanimados, no importa cuál sea su formas ofrecen a nuestra vista la misma apariencia, es decir la de una línea recta. ¿Cómo se puede entonces distinguir a uno de otro, si todos parecen el mismo?

La respuesta es triple. El primer medio de identificación es el sentido del oído, que está entre nosotros muchísimo más desarrollado que entre vosotros, y que no sólo nos permite reconocer por la voz a nuestras amistades personales, sino diferenciar entre las diversas clases, al menos por lo que respecto a los tres órdenes inferiores, los equiláteros, los cuadrados y los pentágonos, pues a los isósceles no los tengo en cuenta. Pero a medida que ascendemos en la escala social, va haciéndose cada vez más difícil el proceso de identificar y de que os identifiquen por la audición, en parte porque se asimilan las voces y en parte porque la facultad de identificar por la voz es una virtud plebeya no muy desarrollada entre la aristocracia. Y cuando existe peligro de impostura no podemos confiar en ese método. Entre nuestros órdenes inferiores los órganos vocales están desarrollados en mayor grado que el de la audición, de manera que un isósceles puede remedar fácilmente la voz de un polígono y, con cierto adiestramiento, hasta la de un círculo. Es más frecuente, por ello, que se recurra a un segundo método.

El principal método de reconocimiento entre nuestras mujeres y clases inferiores (enseguida hablaré de nuestras clases superiores) es tocar, en todos los casos tratándose de extraños y cuando de lo que se trata no es del individuo sino de la clase. De manera que el equivalente a lo que es la «presentación» entre las clases altas de Espaciolandia es entre nosotros el proceso de «tocar». «Permitidme que os pida que toquéis a mi amigo el señor Fulano de Tal y que seáis tocado por él» sigue siendo aún la fórmula habitual para una presentación entre los señores rurales más anticuados de las zonas alejadas de las ciudades.

Sin embargo en las ciudades, y entre los hombres de negocios, las palabras «seáis tocado por» se omiten y la frase se abrevia en «Permítame que os pida que toquéis al señor Fulano de Tal»; aunque se da por supuesto, claro está, que el «tocamiento» ha de ser recíproco.

Entre nuestros jóvenes caballeros aún más modernos y elegantes (que sienten una aversión extrema hacia el esfuerzo superfluo y una suprema indiferencia respecto a la pureza de su lengua materna) la fórmula se reduce aún más mediante el uso de «tocar» en un sentido técnico, queriendo decir «recomendar-con-la-finalidad-de-.-de-tocar-y-ser-tocado»; y en este momento el «argot» de la sociedad educada o elegante de las clases superiores sanciona un barbarismo como «señor Fulano, permitidme tocar al señor Mengano».

Que no suponga sin embargo el lector que «tocar» es entre nosotros el tedioso proceso que sería entre vosotros, o que consideremos necesario tocar por todo alrededor todos los lados de cada individuo para poder determinar la clase a la que pertenece. La larga práctica y el adiestramiento asiduo, que se inician en las escuelas y se continúan en la experiencia de la vida diaria, nos permiten diferenciar inmediatamente por el sentido del tacto entre los ángulos de un pentágono, un cuadrado y un triángulo de lados iguales; y no hace falta decir que el vértice estúpido de un isósceles acutángulo resulta obvio hasta para el toque más torpe. No es necesario, por tanto, como norma, más que tocar un solo ángulo de un individuo; y esto, una vez comprobado, nos dice la clase de la persona a la que estamos dirigiéndonos, salvo que pertenezca realmente a los sectores más altos de la nobleza. En ese caso la dificultad es mucho mayor. Está comprobado que hasta un doctor en humanidades de nuestra universidad de Wentbridge ha confundido un polígono de diez lados con uno de doce; y difícilmente podría pretender un doctor en ciencias de esa famosa universidad nuestra, o de fuera de ella, diferenciar con rapidez y seguridad entre un miembro de la aristocracia de veinte lados y uno de veinticuatro.

Los lectores que recuerden los resúmenes que hice antes del código legislativo respecto a las mujeres, se darán cuenta enseguida de que el proceso de presentación por contacto exige cierto cuidado y discreción. En caso contrario, los ángulos podrían infligir al tocador descuidado un daño irreparable. Es esencial para la seguridad del tocador que el tocado se mantenga absolutamente inmóvil. Un sobresalto, un cambio brusco de posición, sí, incluso un estornudo violento, se ha dado el caso de resultar fatales para el imprudente, y ahogar en ciernes más de una amistad prometedora. Esto es especialmente cierto entre las clases inferiores de los triángulos. El ojo está situado, en su caso, tan lejos del vértice que casi no pueden darse cuenta de lo que está pasando en la extremidad de su estructura. Tienen, además, un carácter tosco y áspero, insensible al toque delicado del polígono sumamente organizado. ¡Nada tiene de asombroso, pues, el que un movimiento involuntario de la cabeza haya privado al estado antes de ahora de una vida valiosa!

He oído que mi excelente abuelo (uno de los menos irregulares de su desdichada clase de los isósceles, que llegó a obtener, poco antes de su muerte, cuatro de los siete votos del consejo sanitario y social para el acceso a la clase de los equiláteros) deploraba a menudo con una lágrima en su ojo venerable un accidente de este género, que le había ocurrido al padre de su tatarabuelo, un respetable trabajador con un ángulo o cerebro de 59°30'.

Según lo que él contaba, mi desventurado antecesor, que padecía de reumatismo, cuando le estaba tocando un polígono, atravesó involuntariamente en un movimiento brusco al gran hombre por la diagonal; y debido a ello, en parte como consecuencia de su largo período de prisión y degradación y en parte por la conmoción moral que afectó al conjunto de los familiares de mi ancestro, mi familia retrocedió un grado y medio en su ascenso hacia mejores posiciones. El resultado fue que en la generación siguiente el cerebro de la familia recibió una calificación de sólo 58°, y hasta cinco generaciones después no se recuperó el terreno perdido, alcanzándose los 60° completos, y se logró al fin ascender de la condición de los isósceles. Y toda esta serie de calamidades se debió a un pequeño accidente en el proceso de toque.

Me parece oír en este momento exclamar a algunos de mis lectores más ilustrados:

«¿Cómo podéis tener noción vosotros, en Planilandia, de ángulos, grados y minutos? Nosotros podemos *ver* un ángulo, porque podemos ver, en la región del espacio, dos líneas rectas inclinadas una hacia otra; pero vosotros, que no podéis ver más que una línea recta cada vez, o en todo caso sólo una serie de trocitos de líneas rectas alineados, ¿cómo podéis diferenciar un ángulo y, menos aún, apreciar ángulos de diferentes tamaños?».

A esto respondo yo que, aunque no podamos *ver* ángulos, podemos *deducirlos*, y con gran precisión. Nuestro sentido del tacto, estimulado por la necesidad, y desarrollado por un prolongado adiestramiento, nos permite diferenciar ángulos con mucha más precisión que vuestro sentido de la vista, cuando no le ayuda una regla o medidor de ángulos. Tampoco debo pasar por alto que tenemos grandes ayudas naturales. Hay entre nosotros una ley natural según la cual el cerebro de la clase isósceles empieza en medio grado, o treinta minutos, y va aumentando (si es que llega a hacerlo) a razón de medio grado por generación; hasta que se llega al objetivo de 60°, en que se elimina la condición de servidumbre y el hombre libre ingresa en la clase de los regulares.

En consecuencia, la Naturaleza misma nos suministra una escala ascendente o alfabeto de ángulos, desde el medio grado a los 60°, especímenes del cual están presentes en todas las escuelas elementales del país. Debido a los esporádicos retrocesos, al aún más frecuente estancamiento moral e intelectual, y a la extraordinaria fecundidad de las clases delincuente y vagabunda, hay siempre un exceso enorme de individuos de medio grado y un grado en la clase, y una buena abundancia de especímenes de hasta 10°. Todos estos están absolutamente desprovistos de derechos civiles; y un gran número de ellos, al no tener siquiera inteligencia suficiente para las tareas de la guerra, son destinados por los estados al servicio de educación. Sujetos permanentemente con grilletes para eliminar cualquier riesgo, se les coloca en las aulas de nuestras escuelas primarias, donde son utilizados por el consejo de educación para impartir a los vástagos de las clases medias ese tacto y esa inteligencia de los que esas desdichadas criaturas carecen por completo.

En algunos estados se alimenta a veces a los especímenes y se les permite vivir unos cuantos años; pero en las regiones más templadas y mejor reguladas se considera que es más beneficioso a largo plazo, para los intereses educativos de los pequeños, prescindir de la alimentación y renovar mensualmente los especímenes; un mes es la duración media de la vida sin alimentos de la clase delincuente. En las escuelas más baratas, lo que se gana con la existencia más prolongada del espécimen se pierde, en parte, por los gastos de alimentación y en parte por la menor exactitud de los ángulos, que se deterioran tras unas semanas de «toque» constante. Hay que añadir también, al enumerar las ventajas del sistema más costosos que ayuda, aunque no se perciba apenas, a que disminuya la población isósceles excedente, un objetivo que tienen siempre en cuenta todos los estadistas de Planilandia. Así que en conjunto (aunque no ignoro que, en muchos consejos escolares de elección popular, hay una reacción en favor del llamado «sistema barato»), yo estoy por mi parte dispuesto a pensar que este es uno de los muchos casos en que lo caro resulta al final lo más económico.

Pero no debo permitirme que cuestiones de la política de los consejos escolares me desvíen de mi tema. Confío en que se haya dicho lo suficiente para demostrar que la identificación táctil no es un proceso tan tedioso ni impreciso como se podría suponer, y es claramente más fidedigno que la identificación auditiva. Sigue de todos modos en pie, como se indicó antes, la objeción de que este método no carece de peligros. Por esta razón muchos miembros de las clases medias e inferiores, y todos los de los órdenes poligonales y circulares sin excepción, prefieren un tercer método, cuya descripción se reservará para la sección siguiente.

6. Sobre la identificación visual

ESTOY A PUNTO de parecer muy poco coherente. En las secciones anteriores he dicho que todas las figuras de Planilandia presentan la apariencia de una línea recta; y se añadió, o se indicó implícitamente, que era por ello imposible diferenciar el órgano visual entre individuos de clases diferentes: y ahora me dispongo a explicar, sin embargo, a mis críticos espaciolandeses de qué forma somos capaces de identificarnos mutuamente con el sentido de la vista.

Pero si el lector se toma la molestia de acudir al pasaje en el que se dice que la identificación táctil es universal, hallará esta matización: «entre las clases inferiores». Porque esa identificación visual sólo se practica entre las clases más altas y en nuestros climas más templados.

El que exista este poder en todas las regiones y entre todas las clases es consecuencia de la niebla que impera durante la mayor parte del año en todas las zonas salvo las tórridas. Lo que entre vosotros en Espaciolandia constituye un mal sin paliativos, que borra el paisaje, deprime el ánimo y debilita la salud, se considera entre nosotros una bendición casi equiparable al propio aire, y la nodriza de las artes y el padre de las ciencias. Pero permitidme que explique lo que quiero decir, sin añadir más elogios a este benéfico elemento.

Si no existiese la niebla, todas las líneas parecerían indiferenciables e igualmente nítidas; y esto es lo que sucede en realidad en el caso de esos desdichados países en los que la atmósfera es absolutamente seca y transparente. Pero siempre que hay un rico suministro de niebla los objetos que están a una distancia de, por ejemplo, un metro, son perceptiblemente más imprecisos que los que están a una distancia de ochenta centímetros y el resultado es que, por una observación experimental cuidadosa y constante de claridad e imprecisión relativas, somos capaces de deducir con gran exactitud la configuración del objeto observado.

Un ejemplo ayudará a aclarar lo que quiero decir más que un volumen entero de generalidades.

Suponed que veo que se acercan dos individuos cuyo rango deseo determinar.

Supongamos que son un comerciante y un médico, o, dicho de otro modo, un triángulo equilátero y un pentágono: ¿cómo puedo distinguirlos?

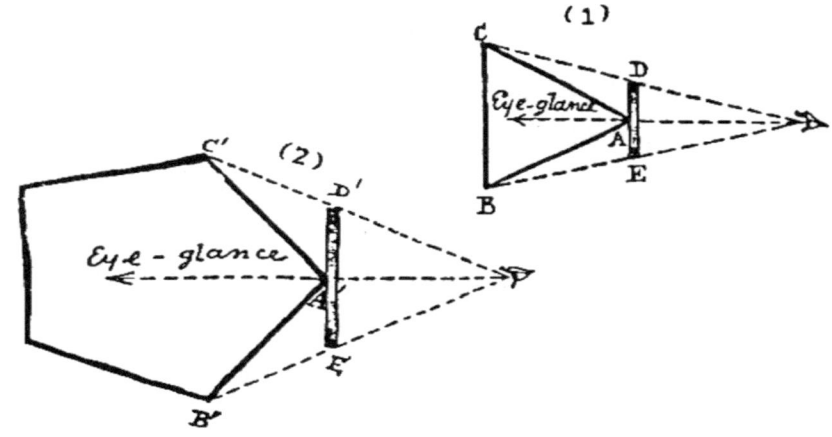

Resultará evidente para cualquier niño de Espaciolandia que haya rozado el umbral de los estudios geométricos que, si puedo hacer que mi mirada biseccione un ángulo (A) del desconocido que se acerca, mi visión se hallará equitativamente emplazada, como si dijésemos, entre los dos lados suyos que se encuentran próximos a mí (es decir, CA y AB), de tal manera que contemplaré los dos con imparcialidad y parecerán los dos del mismo tamaño.

¿Qué veré ahora en el caso (1) del comerciante? Veré una línea recta DAE en la que el punto medio (A) será muy brillante, porque es el que está más cerca de mí; pero a ambos lados la línea se hará enseguida borrosa, debido a que los lados AC y AB se pierden rápidamente en la niebla y lo que a mí me parecen las extremidades del comerciante, es decir D y E, serán realmente muy imprecisos.

Por otra parte, si pasamos al médico, aunque también veré en este caso una línea (D'A'E') con un centro brillante (A'), se hará borrosa menos rápidamente, porque los lados (A'C', A'B') se pierden menos rápidamente en la niebla: y lo que a mí me parecen las extremidades del médico, es decir, D' y E', no serán tan tenues como las extremidades del comerciante.

El lector probablemente comprenderá con estos dos ejemplos cómo pueden nuestras clases bien educadas diferenciar con bastante exactitud (tras un adiestramiento muy largo, complementado con una experiencia constante) entre los órdenes medios e inferiores, mediante el sentido de la vista. Si mis patrones de Espaciolandia han captado esta concepción general, hasta el punto de considerar que puede ser factible y de no rechazar lo que explico cómo completamente inaceptable, habré logrado todo lo que puedo razonablemente esperar. Si añadiese más detalles no haría más que desconcertar. Pero en favor de los jóvenes e inexpertos, que pueden quizá llegar a la conclusión (a partir de los dos ejemplos sencillos que acabo de dar, sobre cómo podría reconocer a mi padre o a mis hijos) de que el reconocimiento por la vista es una cosa fácil, tal vez sea preciso indicar que en la vida real la mayoría de los problemas de la identificación visual son mucho más sutiles y complejos.

Por ejemplos si cuando mi padre, el triángulo, se acerca a mí, da la casualidad de que me presenta su lado en vez de su ángulo, sucede que, hasta que le haya pedido que se gire, o hasta que le haya recorrido con la vista, tendré en realidad la duda de si no será una línea recta, o, dicho de otro modo, una mujer. Así mismo, cuando estoy en compañía de uno de mis dos nietos hexagonales, contemplando todo el frente de uno de sus lados (AB), resultará evidente por la figura adjunta que veré una línea completa (AB) con relativa claridad (quedará sólo levemente sombreada en los extremos) y dos líneas más pequeñas (CA y BD) mates las dos y que van haciéndose más imprecisas hacia los extremos C y D.

Pero no debo caer en la tentación de extenderme sobre estos temas. Hasta el peor matemático de Espaciolandia estará dispuesto a creerme si afirmo que los problemas de la vida, que se plantean a las personas instruidas (cuando están ellas mismas en movimiento, girando, avanzando o retrocediendo, e intentando al mismo tiempo diferenciar con el sentido de la vista entre una serie de polígonos de eleva do rango que se desplazan en distintas direcciones, como por ejemplo en un salón de baile o en una reunión social) son de tal naturaleza que ponen a prueba la angularidad de los más cultos, y justifican sobradamente las ricas dotaciones de los doctos profesores de geometría, tanto estática como cinética, de la ilustre universidad de Wentbridge, donde se enseñan de forma regular la ciencia y el arte de la identificación visual a grandes clases de la elite de los estados.

No son más que unos pocos vástagos de nuestras casas más nobles y ricas los que pueden dedicar el tiempo y el dinero necesarios para el aprendizaje completo de este noble y valioso arte. Hasta para mí, un matemático de prestigio en modo alguno desdeñable, y abuelo de dos hexágonos muy prometedores y perfectamente regulares, resulta a veces muy desconcertante verse en medio de una multitud de polígonos de las clases altas dando vueltas. Y, por supuesto, para un comerciante corriente o un siervo esa visión es casi tan ininteligible como lo sería para ti, lector mío, si te vieses súbitamente transportado a mi país.

En una multitud de ese género no verías a tu alrededor más que una línea, recta en apariencia, pero cuyas partes variarían irregular y perpetuamente en claridad o borrosidad. Aunque hubieses terminado ya el tercer año de las clases pentagonales y hexagonales de la universidad, y dominases plenamente la teoría de la asignatura, te encontrarías aún con que te harían falta muchos años de experiencia para poder moverte entre una multitud de gente distinguida sin tropezar con tus superiores, a los que es contrario a la urbanidad pedirles que «toquen» y que, por su origen y cultura superiores, saben todo lo que hay que saber sobre tus movimientos, mientras que tú sabes muy poco o nada sobre los suyos. En una palabra, para comportarse con absoluta propiedad en la sociedad poligonal, se ha de ser un polígono. Esa es al menos la dolorosa enseñanza de mi experiencia. Resulta asombroso lo mucho que se puede desarrollar el arte (o casi podría llamarlo intuición) de la identificación visual mediante la práctica habitual de ella y evitando la costumbre de «tocar». Lo mismo que sucede entre vosotros, en el caso de los que son sordos y mudos, que si se les permite una vez gesticular y usar el alfabeto manual no adquirirán ya nunca el arte (más difícil pero mucho más valioso) de leer los labios y hablar con ellos, sucede entre nosotros con lo de «ver» y «tocar». Nadie que recurra en la primera parte de la vida a «tocar» aprenderá a «ver» con perfección.

Éste es el motivo de que nuestras clases superiores disuadan a sus hijos de «tocar» o se lo prohíban terminantemente. Sus hijos van, desde muy pequeños, no a las escuelas públicas elementales (donde se enseña el arte de tocar), sino a seminarios superiores de carácter selecto; y en nuestra ilustre universidad, «tocar» se considera una falta gravísimas que acarrea expulsión temporal la primera vez y definitiva si se reincide.

Pero entre las clases bajas el arte de la identificación visual se considera un lujo inalcanzable.

Un comerciante corriente no puede permitirse que su hijo dedique un tercio de la vida a los estudios abstractos. A los hijos de los pobres se les permite «tocar», por la misma razón, desde la más temprana infancia, y alcanzan por ello una precocidad y una temprana vivacidad que contrasta al principio muy favorablemente con la conducta inertes subdesarrollada y apática de los jóvenes aún medio instruidos de la clase poligonal; pero cuando estos últimos han completado los estudios universitarios y están preparados para poner en práctica la teoría, el cambio que se pro duce podría describirse casi como un nuevo nacimiento, y sobrepasan y dejan muy atrás rápidamente a sus competidores triangulares en todas las artes, ciencias y tareas sociales.

Son muy pocos los miembros de la clase poligonal que no superan la prueba final del examen de grado de la universidad. La condición de esa minoría que no lo consigue es verdaderamente patética. Rechazados por la clase superior, también los inferiores les desprecian. No tienen ni los poderes madurados y adiestrados sistemáticamente de los doctores y bachilleres poligonales ni tampoco la precocidad innata y la dinámica versatilidad del joven comerciante. No pueden acceder a las profesiones, a los servicios públicos, y aunque en la mayoría de los estados no se les prohíba el matrimonio, tienen enormes dificultades para establecer enlaces adecuados, pues la experiencia demuestra que los vástagos de estos padres desdichados y mal dotados son también en general desdichados y hasta claramente irregulares.

Es precisamente de estos especímenes del desecho de nuestra nobleza de donde han surgido por regla general los dirigentes de los tumultos y sediciones de los tiempos pasados, y han resultado de ello tan grandes males que una creciente minoría de nuestros hombres de estado más progresistas son de la opinión de que la verdadera piedad obligaría a su eliminación absoluta, decretando que todo el que no apruebe el examen final de la universidad sea encarcelado de por vida o eliminado con una muerte indolora.

Pero veo que me entrego ya a digresiones sobre el tema de las irregularidades, una cuestión de tan vital interés que exige una sección propia.

7. Sobre las figuras irregulares

A LO LARGO de las páginas previas he dado por supuesto lo que quizás debería haberse expuesto al principio como una proposición básica y diferenciada: que todo ser humano de Planilandia es una figura regular, es decir, de construcción regular. Me refiero con esto a que una mujer debe ser no sólo una línea, sino una línea recta; que un artesano o un soldado debe tener dos de sus lados iguales; que un comerciante debe tener iguales tres lados; los abogados (clase de la que soy humilde miembro), cuatro lados iguales, y en todo polígono, de modo general, todos los lados deben ser iguales.

El tamaño de los lados depende, como es natural, de la edad del individuo. Una mujer tiene al nacer unos dos centímetros y medio de longitud, mientras que una mujer adulta alta podría llegar a los treinta centímetros. En cuanto a los varones, de todas las clases, puede decirse, en general, que la longitud de los lados de un adulto, sumados, es de sesenta centímetros o poco más. Pero no es el tamaño de nuestros lados lo que cuenta. A lo que yo me refiero es a la *igualdad* de los lados, y no hace falta mucha reflexión para ver que el conjunto de la vida social de Planilandia se apoya en el hecho fundamental de que la naturaleza quiere que todas las figuras tengan los lados iguales.

Si nuestros lados fuesen desiguales nuestros ángulos podrían ser desiguales. En vez de ser suficiente tocar, o calcular con la vista, un solo ángulo para determinar la forma de un individuo, sería necesario valorar cada ángulo mediante el experimento de tocar. Y la vida sería demasiado breve para tan tedioso tanteo. La ciencia y el arte de la identificación visual perecerían sin remisión; el tocar, en lo que tiene de arte, no sobreviviría; las relaciones se harían peligrosas o imposibles; no habría ya seguridad alguna, ninguna previsión; a nadie podrían ya inspirar confianza ni los acuerdos sociales más sencillos; en una palabra, la civilización se hundiría en la barbarie.

¿Voy demasiado deprisa para que puedan mis lectores seguirme hasta estas conclusiones obvias? Tal vez una breve reflexión y un solo ejemplo de la vida normal puedan convencer a todos de que nuestro sistema social se basa en la regularidad, o igualdad de ángulos. Consideremos, por ejemplo, que te encuentras en la calle a dos o tres comerciantes, a los que reconoces inmediatamente como comerciantes echando un vistazo a sus ángulos y sus lados, que se hacen borrosos enseguida, y les pides que entren en tu casa a comer. Esto lo haces en la actualidad con plena confianza, porque todo el mundo conoce con un margen de entre los tres y los cinco centímetros el área que ocupa un triángulo adulto; pero imagina que tu comerciante arrastra tras su regular y respetable vértice un paralelogramo de veinticinco o treinta centímetros de diagonal: ¿Qué puedes hacer si ese monstruo se queda atascado en la puerta de tu casa?

Pero estoy ofendiendo a la inteligencia de mis lectores al acumular detalles que deben ser evidentes para todo el que disfrute de las ventajas de una residencia en Espaciolandia. Es evidente que las mediciones de un solo ángulo no serían ya suficientes en tan ominosas circunstancias; nos pasaríamos la vida tocando o examinando el perímetro de nuestros conocidos. Los problemas para evitar la colisión en una multitud son suficientes para poner a prueba la sagacidad hasta de un cuadrado instruido; pero si nadie pudiese calcularla regularidad de una sola figura del grupo, todo sería caos y confusión, y el más leve pánico causaría graves heridas e incluso una pérdida considerable de vidas, si diese la casualidad de que hubiese mujeres o soldados presentes.

Así pues, la conveniencia y la naturaleza concurren estampando el sello de su aprobación sobre la regularidad en la estructura, y tampoco la ley se queda atrás, sino que secunda sus esfuerzos. «Irregularidad de figura» viene a significar, más o menos, entre nosotros lo que una combinación de perversidad moral y delincuencia entre vosotros, y recibe un tratamiento correspondiente. No faltan, claro, los propagadores de paradojas que sostienen que no existe ninguna relación inevitable entre la irregularidad geométrica y la moral. «El irregular», dicen, «es desde que nace objeto de burla por parte de sus padres, sus hermanos y hermanas le ridiculizan, los criados no le hacen caso, la sociedad se mofa de él y le mira con desconfianza y se le excluye de todos los puestos de responsabilidad, confianza y actividad útil. Todos sus movimientos son atentamente vigilados por la policía hasta que llega a la mayoría de edad y se presenta a inspección, donde o se le destruyes si se descubre que excede el margen de desviación establecido, o bien se le empareda en una oficina del estado como empleado de séptima clase; no se le permite casarse; se le obliga a soportar una ocupación insulsa y agobiante con un estipendio mísero; se le fuerza a comer y alojarse en la oficina, y a estar sometido a una supervisión rigurosa hasta en las vacaciones. ¿Qué tiene de extraño que en esas circunstancias se amargue y pervierta la naturaleza humana, incluso entre los más puros y mejores?».

Todo este razonamiento tan plausible no me convence, lo mismo que no ha convencido a nuestros más sabios estadistas, de que nuestros antepasados se equivocaran al establecer como un axioma político que la tolerancia de la irregularidad es incompatible con la seguridad del estado. El irregular tiene una vida dura, eso es indiscutible, pero los intereses del mayor número exigen que sea así. Si se permitiese vivir a un hombre con un frente triangular y un dorso poligonal y propagarse además a través de una descendencia aún más irregular, ¿qué sería de las artes de la vida? ¿Deben modificarse las casas y las puertas y las iglesias de Planilandia para adaptarlas a esos monstruos? ¿Deben nuestros porteros medir el perímetro de cada individuo antes de permitirle entrar en un teatro u ocupar su sitio en una sala de conferencias? ¿Debe eximirse de la milicia al irregular? Y si no es así, ¿cómo se le va a impedir que lleve la desolación a las filas de sus camaradas? Además, ¡qué tentaciones irresistibles de imposturas fraudulentas han de asediar inevitablemente a una criatura así! ¡Qué fácil ha de ser para él entrar en una tienda con el frente poligonal por delante, y pedir todo tipo de artículos a un comerciante confiado! Que los que abogan por una falsa filantropía pidan cuanto quieran que se abroguen las leyes penales de los irregulares; yo, por mi parte, no he conocido nunca un irregular que no fuese lo que es evidente que la naturaleza se propuso que fuese: un hipócrita, un misántropo y, en la medida del poder de que dispone, un perpetrador de todo género de fechorías.

No se trata tampoco de que esté dispuesto a recomendar (por el momento) las medidas extremas adoptadas por algunos estados, en los que se destruye sumariamente al niño que nace con un ángulo que se desvíe medio grado de la angularidad correcta. Algunos de nuestros hombres más distinguidos y capaces, hombres de verdadero talento, han trabajado durante el primer período de sus vidas con desviaciones incluso de cuarenta y cinco minutos y hasta más, y la pérdida de sus valiosas vidas habría sido un perjuicio irreparable para el estado. El arte de curar ha logrado también algunos de sus triunfos más gloriosos en las reducciones, ampliaciones, trepanaciones, coligaciones y otras operaciones quirúrgicas o dietéticas con las que se ha curado total o parcialmente la irregularidad. Por tanto yo, que propugno una Vía *Media*, no trazaría ninguna línea fija o absoluta de demarcación, sino que en el período en que la estructura está empezando a asentarse, y una vez que el equipo médico haya determinado que la recuperación es improbable, propondría que se eliminase misericordiosa e indoloramente al vástago irregular.

8. Sobre la antigua práctica de pintar

SI MIS LECTORES me han seguido con alguna atención hasta aquí, no se sorprenderán si les digo que la vida es un poco aburrida en Planilandia. No quiero decir, claro, que no haya batallas, conspiraciones, tumultos, facciones y todos esos otros fenómenos que hacen, en teorías interesante la historia; ni podría decir tampoco que la extraña mezcla de los problemas de la vida y los problemas de matemáticas, que impulsan constantemente a hacer conjeturas y dan la posibilidad de verificación inmediata, no introduzca en nuestra existencia un estímulo que vosotros en Espaciolandia difícilmente podréis entender. Hablo ahora desde el punto de vista estético y artístico cuando digo que la vida es aburrida entre nosotros; estética y artísticamente, es muy aburrida, la verdad.

¿Cómo puede ser de otro modo, si toda la perspectiva que uno puede apreciar, todos los paisajes, piezas históricas, retratos, flores, naturalezas muertas, no son más que una línea, sin otra variedad que la de sus grados de luminosidad y obscuridad?

No fue siempre así. El color, si la tradición no miente, por una vez en el espacio de media docena de siglos o más, arrojó un fugaz esplendor sobre las vidas de nuestros ancestros de los tiempos más remotos. Se dice que cierto individuo particular (un pentágono al que se le asignan diversos nombres), que descubrió casualmente los componentes de los colores más simples y un método rudimentario de pintura, empezó decorando su propia casa, luego a sus esclavos, luego a su padre, a sus hijos y nietos y, por último, a sí mismo. La rapidez y la belleza de los resultados convencieron a todos. A donde quiera que los cromatistas (pues por ese nombre acordaron designarlos las autoridades más fidedignas) volvían su variopinta estructura, llamaban inmediatamente la atención e inspiraban respeto. Nadie necesitaba «tocarle»; nadie confundía su frente con su dorso; sus vecinos captaban enseguida todos sus movimientos sin tener que poner a prueba su capacidad de cálculo; nadie le daba un empujón ni dejaba de hacerle sitio para pasar; su voz se ahorraba el esfuerzo de esa expresión agotadora con que los pentágonos y cuadrados incoloros nos solemos ver obligados a proclamar nuestra individualidad cuando nos desplazamos por en medio de una multitud de ignorantes isósceles.

La moda se propagó como el fuego en un bosque. Antes de que transcurriera una semana, todos los cuadrados y triángulos del distrito habían seguido el ejemplo de los cromatistas y sólo unos cuantos pentágonos de los más conservadores se mantuvieron firmes. Al cabo de un mes o dos resultó que la innovación había infestado hasta a los dodecágonos. Antes de que pasara un año la costumbre se había extendido a todos salvo al sector más alto de la nobleza. Ni que decir tiene que la costumbre no tardó en abrirse paso desde el distrito de los cromatistas a las regiones limítrofes; y al cabo de dos generaciones no había nadie incoloro en toda Planilandia, salvo las mujeres y los sacerdotes.

La propia naturaleza parecía erigir una barrera en este caso, oponiéndose a que la innovación se extendiese a esas dos clases. La multilateralidad era casi esencial como pretexto para los innovadores. «La naturaleza quiere indicar con la diferenciación de lados una diferenciación de colores», éste era el sofisma que volaba de boca en boca por entonces, convirtiendo de golpe a la nueva cultura ciudades enteras. Pero era evidente que este adagio no se cumplía en el caso de nuestros sacerdotes y nuestras mujeres. Estas últimas sólo tenían un lado, y por tanto (hablando plural y pedantemente) *no tenían lados. Los* primeros (si se hubiesen ratificado al menos en su pretensión de ser círculos reales y verdaderos y no meros polígonos de la clase alta con un número infinitamente grande de lados infinitesimalmente pequeños) tenían por hábito ufanarse de lo que las mujeres confesaban y deploraban, de que no tenían ningún lado, sino que disfrutaban del privilegio de poseer como perímetro una línea, o, dicho de otro modo, una circunferencia. Vino a suceder así que estas dos clases no podían conceder ningún valor al presunto axioma según el cual «Diferenciación de lados implica diferenciación de color», y cuando todos los demás habían sucumbido a la fascinación de la decoración corporal, sólo seguían manteniéndose puros de la contaminación de la pintura los sacerdotes y las mujeres.

Inmorales, licenciosos, anárquicos, anticientíficos (llamadles como queráis) pero, desde un punto de vista estético, aquellos tiempos antiguos de la revuelta del color fueron en Planilandia la infancia gloriosa de un arte que, desgraciadamente, nunca llegó a alcanzar la edad madura y ni siquiera pudo gozar del florecer de la juventud. Vivir era entonces por sí solo un gozo, debido a que vivir entrañaba ver. Hasta en una pequeña fiesta era un placer contemplar a los asistentes; se dice que los tonos ricos y variados de los reunidos en una iglesia o en el teatro resultaban a veces demasiado distraídos para nuestros mejores maestros y actores, hasta el punto de que les impedían concentrarse; pero lo más deslumbrante de todo dicen que era la magnificencia indescriptible de una revista militar.

La visión de veinte mil isósceles dispuestos en formación de combate dando media vuelta y cambiando el negro sombrío de sus bases por el naranja y el morado de los dos lados con el ángulo agudo incluido; la milicia de los triángulos equiláteros tricoloreados en rojo, blanco y azul; el malva, azul ultramar, amarillo claro y sombra tostado de los cuadrados de la artillería girando rápidamente junto a sus cañones color bermellón; la elegancia y el brillo de los hexágonos y pentágonos de seis y de cinco colores cruzando el campo de batalla en sus tareas de cirujanos, geómetras y edecanes, todo esto bien puede haber sido suficiente para hacer creíble la famosa historia de cómo un ilustre círculo, abrumado por la belleza artística de las fuerzas a su mando, tiró el bastón de mariscal y la corona regia y proclamó que los cambiaba desde aquel momento por el lápiz del artista. Lo grande y glorioso que debió de ser el sensual desarrollo de ese período nos lo indican en parte el propio lenguaje y el vocabulario de la época. Las manifestaciones más comunes de los ciudadanos más corrientes del período de la revolución del color parecen impregnadas de más ricos matices verbales e ideológicos; y a esa era le debemos, hoy incluso, nuestra mejor poesía y el ritmo que aún pueda perdurar en la forma de expresión más científica de estos tiempos modernos.

Wassily Kandinsky: *Azul sobre multicolor*

9. Sobre la ley del color universal

PERO, AL MISMO tiempo, las artes intelectuales sufrían una decadencia acelerada.

El arte de la identificación visual, al no ser ya necesario, no se practicaba; y los estudios de geometría, estadística, cinética y otros temas emparentados no tardaron en llegar a considerarse superfluos, y a caer en el desprestigio y a desdeñarse hasta en la propia universidad. El arte inferior de tocar experimentó rápidamente el mismo destino en nuestras escuelas elementales. Luego, las clases isósceles, asegurando que los especímenes no se utilizaban ya ni se necesitaban, y negándose a pagar al servicio de educación el tributo acostumbrado de las clases delincuentes, fueron haciéndose más numerosas e insolentes cada día, al quedar eximidas de la vieja carga que había ejercido anteriormente el saludable y doble efecto de domeñar su carácter brutal y de reducir al mismo tiempo su excesivo número.

Los soldados y los artesanos empezaron a afirmar cada vez con más vehemencia (y con mayor veracidad) que no había ninguna diferencia importante entre ellos y la clase más alta de todos los polígonos, porque habían ascendido ya hasta una condición igual a la suya y eran capaces de afrontar todas las dificultades y resolver todos los problemas de la vida, tanto estáticos como cinéticos, por el simple proceso del reconocimiento cromático. No dándose por satisfechos con el abandono natural en que estaba cayendo el reconocimiento visual, empezaron además a exigir des — caradamente la prohibición legal de todas las «artes monopolizadoras y aristocráticas» y la abolición consiguiente de todas las dotaciones para los estudios de reconocimiento visual, matemáticas y tocamiento. Y pronto pasaron a sostener que, dado que el color, que era una segunda naturalezas había hecho ya innecesarias las diferenciaciones aristocráticas, la ley debería seguir el mismo camino y, por tanto, todos los individuos y todas las clases deberían ser consideradas absolutamente iguales y titulares de los mismos derechos.

Los caudillos de la revolución, al hallar a los órdenes superiores titubeantes e indecisos, fueron aún más allá en sus exigencias, hasta pedir finalmente que todas las clases por igual, mujeres y sacerdotes incluidos, debían rendir homenaje al color sometiéndose al pintado. Cuando se objetó que sacerdotes y mujeres no tenían lados, replicaron que la naturaleza y la conveniencia concurrían en decretar que la mitad frontal de todo ser humano (es decir, la mitad que contiene su ojo y su boca) debía resultar diferenciable de su mitad trasera. Presentaron por tanto ante una asamblea general y extraordinaria de todos los estados de Planilandia un proyecto de ley que proponía que la mitad de la mujer que contiene el ojo y la boca tendría que estar pintada de rojo y la otra mitad de verde. Los sacerdotes debían ir pintados del mismo modo, aplicándose el rojo al semicírculo del que el ojo y la boca constituían el punto medio; mientras el otro semicírculo, el trasero, debía pintarse de verde.

Había no poco ingenio en esta propuesta, que emanaba en realidad no de un isósceles (pues ningún ser tan degradado habría tenido angularidad suficiente para apreciar, y aún menos idear, un modelo tal de arte de gobierno), sino de un círculo irregular al que, en vez de destruirlo en la infancia, se le dejó con vida por una necia indulgencia para que llevara la desolación a su país y la destrucción a miríadas de sus seguidores.

La propuesta estaba calculada, por un lado, para poner a las mujeres de todas las clases a favor de la innovación cromática. Asignando a las mujeres los mismos dos colores que se asignaban a los sacerdotes, los revolucionarios aseguraban, por otro lado, que, en ciertas posiciones, toda mujer pareciese un sacerdote, y se la tratase con el respeto y la deferencia correspondientes. Perspectiva que no podía por menos que atraer a todo el sexo femenino en masa.

Pero tal vez algunos de mis lectores no lleguen a hacerse cargo del todo de esa posibilidad de que sacerdotes y mujeres tuviesen con la nueva legislación una apariencia idéntica; por si es así, voy a explicarlo en dos palabras para que quede claro.

Imaginad una mujer debidamente decorada, de acuerdo con el nuevo código; con la mitad frontal (i.e. la del ojo y la boca) roja y con la mitad posterior verde.

Miradla desde un lado. Evidentemente veréis una línea recta, mitad roja, mitad verde.

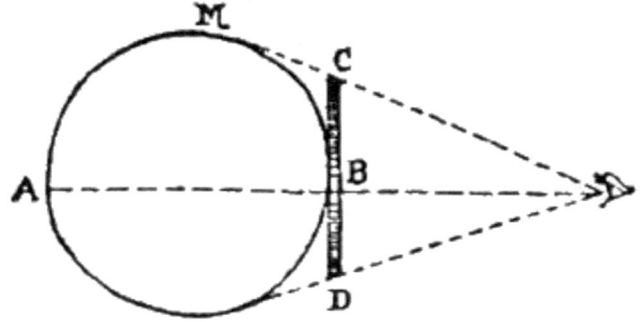

Imaginad ahora a un sacerdote, cuya boca es **M** y cuyo semicírculo frontal (**AMB**) está consecuentemente pintado de rojo, mientras que el semicírculo posteriores verde; de manera que el diámetro **AB** divide el verde del rojo. Si contempláis al «gran hombre» de manera que situéis el ojo en la misma línea recta que su diámetro divisor (**AB**), lo que veréis será una línea recta (**CBD**), de la que *una mitad* (**CB**) *será roja y la otra* (**BD**) *verde.* La línea completa (**CD**) será bastante más corta, quizás, que la de una mujer adulta, y se difuminará más rápidamente hacia sus extremos; pero la identidad de los colores os dará una impresión inmediata de identidad de clase, haciéndoos desdeñar los otros detalles. Tened presente la decadencia de la identificación visual de que fue víctima la sociedad en el período de la revolución cromática; añadid además que es seguro que las mujeres aprenderían enseguida a difuminar sus extremos para imitar a los círculos; comprenderéis ya claramente, mis queridos lectores, que el proyecto de ley cromática nos hacía correr el grave peligro de confundir a un sacerdote con una joven.

Es fácil imaginar lo atractiva que debía de resultar tal perspectiva para el sexo débil.

Debían de recrearse por anticipado pensando, encantadas, en la confusión que esto crearía. En casa podrían escuchar secretos políticos y eclesiásticos no dirigidos a ellas sino a sus hermanos y maridos, y podrían incluso dar órdenes en nombre de un círculo sacerdotal; fuera de su casa, la llamativa combinación de rojo y verde, sin el añadido de ningún otro color, llevaría sin duda a la gente vulgar a incurrir en infinitos errores y las mujeres ganarían lo que los círculos perdiesen, en cuanto al respeto de los transeúntes. Y por lo que respecta al desprestigio que caería sobre la clase circular si la conducta frívola e impropia de las mujeres se imputase a sus miembros, y a la subversión consiguiente de la constitución, no podía esperarse que el sexo femenino dedicase un solo pensamiento a semejantes consideraciones. Las mujeres estaban todas a favor del proyecto de ley cromática universal hasta en los hogares de los círculos.

El segundo objetivo que se planteaba el proyecto de ley era la desmoralización gradual de los propios círculos. En la decadencia intelectual generalizada ellos conservaban aún su claridad prístina y el vigor de su pensamiento. Familiarizados desde la más temprana infancia en sus hogares circulares con la ausencia total de color, eran los únicos que conservaban el arte sagrado de la identificación visual, con todas las ventajas que se derivan de ese admirable adiestramiento de la inteligencia. De ahí que, hasta la fecha de la presentación del proyecto de ley del color universal, los círculos no sólo se habían mantenido firmes en su posición sino que habían incrementado incluso su jefatura de las otras clases al abstenerse de la moda popular.

Así que el taimado irregular que he descrito antes como el autor de este diabólico proyecto de ley decidió rebajar de un golpe el estatus de la jerarquía obligándoles a someterse a la contaminación del color, y destruir al mismo tiempo sus posibilidades domésticas de adiestramiento en el arte de la identificación visual, para debilitar así sus intelectos privándoles de sus hogares incoloros y puros. Una vez sometidos los círculos a la contaminación cromática, padres e hijos se desmoralizarían mutuamente. Sólo al diferenciar entre el padre y la madre tendría problemas el niño circular para ejercitar su inteligencia... problemas que era probable que estuviesen demasiado a menudo viciados por imposturas maternas, con el resultado de debilitar la fe del niño en todas las conclusiones lógicas. Así, el lustre intelectual del orden sacerdotal se iría apagando gradualmente y quedaría abierto el camino para una destrucción completa de todo el cuerpo legislativo aristocrático y para el derrocamiento de nuestras clases privilegiadas.

10. Sobre la represión de la sedición cromática

LA AGITACIÓN en favor del proyecto de ley cromática universal continuó durante tres años; y pareció, hasta el último momento de ese período, que la anarquía estuviese destinada a triunfar.

Todo un ejército de polígonos, que luchaban como soldados rasos, fue totalmente aniquilado por una fuerza superior de triángulos isósceles; los cuadrados y los pentágonos, por su parte, se mantuvieron neutrales. Lo peor de todo fue que algunos de los círculos más capaces cayeron víctimas de la furia conyugal. Enfurecidas por la animosidad política, las esposas de muchas casas nobles aburrían a sus señores con ruegos de que abandonaran su oposición a la ley cromática; y algunas, al ver que sus súplicas resultaban infructuosas, se lanzaron sobre maridos e hijos inocentes y los mataron, pereciendo ellas mismas en el acto de la carnicería. Hay constancia de que durante esa agitación trienal perecieron en discordias domésticas veintitrés círculos como mínimo.

El peligro era realmente grande. Parecía que los sacerdotes no tuviesen otra alternativa que sometimiento o exterminio. Pero el curso de los acontecimientos cambió de pronto completamente por uno de esos pintorescos incidentes que los estadistas no deberían pasar por alto nunca, deberían prever a menudo y a veces quizás originar, teniendo en cuenta el vigor absurdamente desproporcionado con que apelan a las simpatías del populacho.

Sucedió que un isósceles de un tipo bajo, con un cerebro que apenas si superaba los cuatro grados, cuando estaba accidentalmente curioseando en los colores de un comerciante cuya tienda había sido saqueada, se pintó él mismo, o se hizo pintar (pues las versiones varían), con los doce colores de un dodecágono. Luego, entrando en la plaza del mercado, abordó con voz fingida a una doncella, que era la hija huérfana de un noble polígono, a cuyo amor había aspirado anteriormente en vano, y mediante una serie de engaños (ayudado, por una parte, por una cadena de accidentes afortunados demasiado larga para que la enumeremos aquí, y, por otra, por una fatuidad casi inconcebible y un desdén de las precauciones normales por parte de los parientes de la mu chacha) consiguió consumar el matrimonio. La desdichada doncella se suicidó al descubrir el fraude del que había sido objeto.

Cuando la noticia de esta catástrofe se difundió de estado en estado hubo una gran conmoción entre las mujeres. La compasión por la infeliz víctima y la previsión de engaños similares de los que también podían ser objeto ellas, sus hermanas y sus hijas, las hicieron pasar a enfocar con una perspectiva completamente distinta el proyecto de ley cromática. Un buen número de ellas pasaron a declararse en contra de él; el resto no necesitó más que un pequeño estímulo para adoptar una posición similar. Los círculos, aprovechando esta oportunidad favorables convocaron rápida— mente una asamblea extraordinaria de los estados y se aseguraron de que asistiera a ella un gran número de mujeres reaccionarias, además de la guardia habitual de convictos.

En medio de una concurrencia sin precedentes, el círculo jefe de aquel período (que se llamaba Pantociclo) se levantó y fue saludado con los silbidos y abucheos de unos ciento veinte mil isósceles. Pero se aseguró el silencio declarando que en adelante los círculos adoptarían una política de claudicación; aceptarían el proyecto de ley cromática, sometiéndose a los deseos de la mayoría. La algarabía se convirtió inmediatamente en aplauso y el círculo jefe invitó entonces a los cromatistas, al caudillo de la sedición, a salir al centro de la cámara para recibir en representación de sus seguidores la sumisión de la jerarquía. Siguió luego un discurso, una obra maestra de retórica, que duró casi un día y al que ningún resumen puede hacer justicia.

En él declaró, con una apariencia seria de imparcialidad, que puesto que iban por fin a comprometerse ellos también con la reforma o innovación, era deseable que hiciesen un último repaso del perímetro de todo el asunto, de sus inconvenientes y de sus ventajas. Presentando gradualmente la mención de los peligros a los comerciantes, las clases profesionales y los caballeros, silenció los crecientes murmullos de los isósceles recordándoles que, pese a todos aquellos defectos, él estaba dispuesto a aceptar el proyecto si lo aprobaba la mayoría. Pero era evidente que todos, salvo los isósceles, estaban conmovidos por sus palabras y eran o neutrales o contrarios al proyecto de ley.

Volviéndose entonces a los trabajadores afirmó que no debían menospreciarse los intereses de éstos y que, si se proponían aceptar el proyecto de ley cromática, debían hacerlo al menos con pleno conocimiento de las consecuencias. Muchos de ellos, dijo, estaban a punto de ser admitidos en la clase de los triángulos regulares; otros preveían para sus hijos una distinción que no podían esperar para ellos mismos. Esa honorable ambición debería ser sacrificada ahora. Con la adopción universal del color, desaparecerían todas las distinciones; la regularidad se confundiría con la irregularidad; el progreso dejaría paso al retroceso; el trabajador quedaría degradado en unas cuantas generaciones al nivel de la clase militar e incluso de la presidiaria; el poder político estaría en manos del mayor número, es decir, de las clases delincuentes, que eran ya más numerosas que los trabajadores y que no tardarían en superar en número a todas las demás clases juntas, una vez quebrantadas las conocidas leyes naturales compensadoras.

Un murmullo apagado recorrió entonces las filas de los artesanos, y los cromatistas, alarmados, intentaron salir a la palestra y dirigirse a ellos. Pero su jefe se vio rodeado de guardias y obligado a guardar silencio mientras el círculo jefe con unas cuantas palabras apasionadas hacía un llamamiento final a las mujeres, proclamando que, si se aprobaba el proyecto de ley, ningún matrimonio sería ya seguro, ni estaría asegurado el honor de ninguna mujer; el fraude, el engaño, la hipocresía invadirían todos los hogares; la felicidad doméstica compartiría el destino de la constitución y fenecería en una destrucción acelerada. «Antes de esto», exclamó, «ven, muerte».

Ante estas palabras, que eran la señal acordada para entrar en acción, los presidiarios isósceles se lanzaron sobre los cromatistas y los traspasaron y destruyeron; las clases regulares abrieron sus filas y dejaron paso a una banda de mujeres que, bajo la dirección de los círculos, se desplazaron, invisible y certeramente, con la parte posterior primero, hacia los desprevenidos soldados; los artesanos, imitando el ejemplo de sus superiores, abrieron también sus filas. Bandas de presidiarios bloquearon al mismo tiempo todas las entradas con una falange impenetrable.

La batalla, o más bien la carnicería, fue de poca duración. Bajo la hábil dirección de los círculos la carga de casi todas las mujeres resultó mortífera y fueron muchísimas las que extrajeron su aguijón incólume, dispuesto para ensartarlo por segunda vez. Pero no fue necesario ningún segundo golpe; la chusma de los isósceles hizo el resto de la tarea por sí sola. Sorprendidos, sin dirección, atacados de frente por enemigos invisibles, y con la salida cortada por los presidiarios situados tras ellos, perdieron inmediatamente (a su manera) toda presencia de ánimo y alzaron el grito de «traición». Esto selló su destino. Cada isósceles pasó a ver y considerar a todos los demás isósceles como enemigos. En media hora no quedaba de toda aquella enorme multitud ni uno solo vivo; y los fragmentos de ciento cuarenta mil de la clase delincuente que se habían matado unos a otros con sus propios ángulos testimonió el triunfo del orden.

Los círculos se apresuraron a sacar el máximo partido de su victoria. Aunque no acabaron con los trabajadores, los diezmaron. Se convocó inmediatamente a la milicia de los equiláteros y todos los triángulos sobre los que había sospechas razonables de irregularidad fueron destruidos tras comparecer ante un tribunal militar, sin la formalidad de una medición precisa por parte del consejo social. Los hogares de las clases militar y artesana fueron inspeccionados en una serie de visitas que se extendieron a lo largo de un año; y durante ese período todas las ciudades, pueblos y aldeas fueron purgados sistemáticamente de aquel exceso de los órdenes inferiores que se había producido a causa de haberse pasado por alto el pago del tributo de delincuentes para las escuelas y universidades, y por la violación de las otras leyes naturales de la constitución de Planilandia. Se restauró así, de nuevo, el equilibrio de clases.

Ni que decir tiene que a partir de entonces se abolió el uso del color y se prohibió su posesión. Y pasó a castigarse con una pena grave hasta pronunciar una palabra que denotase color, salvo en el caso de los círculos o de profesores cualificados de materias científicas. Sólo en nuestra universidad, en algunas de las clases más elevadas y esotéricas (a las que yo no he tenido nunca el privilegio de asistir), parece ser que aún se practica un uso restringido del color con la finalidad de ilustrar algunos de los problemas más profundos de las matemáticas. Pero de esto sólo puedo hablar de oídas.

El color es en la actualidad inexistente en toda Planilandia. Sólo hay una persona viva que conozca el arte de fabricarlos el círculo jefe, mientras lo es; y él se lo transmite en el lecho de muerte únicamente a su sucesor. Sólo lo produce una fábrica; y, para que nadie pueda revelar el secreto, se liquida anualmente a los trabajadores, y se introducen otros nuevos. Tan grande es el terror con el que nuestra aristocracia contempla, hoy incluso, los remotos días de la agitación en pro del proyecto de ley del color universal.

Pablo Picasso: *Retrato de Ambroise Vollard* (1909-1910)

11. Sobre nuestros sacerdotes

YA ES HORA de que pase de estas breves notas discursivas sobre las cosas de Planilandia al elemento básico de este libro, mi iniciación en los misterios del Espacio. Ese es mi tema; todo lo anterior es un mero prefacio.

Debido a esto he de omitir muchas cuestiones cuya explicación me complace pensar que no dejaría de tener interés para mis lectores: como, por ejemplo, el método que tenemos para pro pulsarnos y pararnos nosotros mismos, a pesar de estar desprovistos de pies; los medios por los que proporcionamos fijeza a construcciones de madera, piedra o ladrillos a pesar de no tener, claro está, manos, no poder echar cimientos como podéis vosotros, ni servirnos de la presión lateral de la tierra; de qué modo se origina la lluvia en los intervalos entre nuestras diversas zonas, de manera que las regiones septentrionales no impidan que la humedad caiga en las meridionales; la naturaleza de nuestras montañas y minas, nuestros árboles y verduras, nuestras estaciones y cosechas; nuestro alfabeto y nuestro método de escritura, adaptado a nuestras tabletas lineales; estos detalles de nuestra existencia física, y un centenar más, debo pasarlos por alto, sin hacer ahora nada más que mencionarlos para indicar a mis lectores que su omisión se debe no a olvido por parte del autor, sino al respeto que inspira a éste el tiempo del lector.

Sin embargos estoy convencido de que mis lectores esperan que haga, antes de pasar a mi tema oficial, unos cuantos comentarios finales sobre esas columnas y soportes de la constitución de Planilandia, que son los que controlan nuestra conducta y conforman nuestro destino y son objeto de homenaje y casi adoración universales: ¿necesito decir que me refiero a nuestros círculos o sacerdotes?

Cuando les llamo sacerdotes, me gustaría que entendieses, lector, que no me refiero sólo a lo que el término significa entre vosotros. Entre nosotros, nuestros sacerdotes son administradores de todos los negocios, las artes y las ciencias; tienen a su cargo la industrias el comercio, el generalato, la arquitectura, la ingeniería, la educación, el arte de gobierno, la legislación, la moralidad, la teología; ellos, sin hacer nada personalmente, son la causa impulsora de todo lo que merece la pena hacer, que hacen otros.

Aunque a nivel popular todo aquel al que se llama círculo se considera un círculo, entre las clases mejor educadas se sabe que ningún círculo es en realidad un círculo, sino sólo un polígono con un número muy grande de lados muy pequeños. Cuando el número de lados aumenta, un polígono se aproxima a un círculo; y, cuando el número es realmente muy grande, digamos por ejemplo trescientos o cuatrocientos, es extremadamente difícil para el tacto más delicado apreciar ángulos poligonales. Aunque debería decir más bien que *sería* difícil porque, como he mostrado antes, la identificación táctil es desconocida entre el sector más elevado de la sociedad, y *tocar* a un círculo se consideraría una ofensa sumamente atrevida. Este hábito de abstención del tacto en la mejor sociedad permite a un círculo mantener el velo de misterio con que suele envolver la naturaleza precisa de su perímetro o circunferencia desde sus primeros años. Al ser el perímetro medio de 90 centímetros se sigue de ello que, en un polígono de trescientos lados, no tendrá cada uno de ellos más longitud que la centésima parte de treinta centímetros, o poco más de la décima parte de dos y medio; y, en un polígono de seiscientos o setecientos lados, éstos son poco mayores que el diámetro de una cabeza de alfiler de Espaciolandia. Se da por supuesto siempre, por cortesía, que el círculo jefe tiene en la actualidad diez mil lados.

El ascenso de la descendencia de los círculos en la escala social no se halla limitados como sucede entre las clases regulares más bajas, por la ley de la naturaleza que limita el aumento de lados a uno en cada generación. Si fuese así, el número de lados de un círculo sería una mera cuestión de linaje y aritmética, y el descendiente cuatrocientos noventa y siete de un triángulo equilátero sería necesariamente un polígono de quinientos lados. Pero no es así. La naturaleza se rige por dos normas antagónicas en lo referente a la reproducción circular; primera, que, a medida que la raza va ascendiendo en la escala de desarrollo, éste acelera su ritmo; segunda, que la fertilidad de la raza va disminuyendo en la misma proporción. Por tanto, en el hogar de un polígono de cuatrocientos o quinientos lados es raro encontrar un hijo; más de uno no se ve jamás. Por otra parte, se han dado casos de hijos de polígonos de quinientos lados que nacen con quinientos cincuenta e incluso seiscientos.

También el arte interviene para colaborar en el proceso de la evolución superior. Nuestros médicos han descubierto que los pequeños y tiernos lados de un niño polígono de la clase superior se pueden fracturar y que se puede reestructurar toda su configuración, con tal exactitud que un polígono de doscientos o trescientos lados a veces, no siempre, pues el proceso entraña grave riesgo, pero sí a veces, se salta doscientas o trescientas generaciones, y duplica, como si dijésemos, el número de sus progenitores y la nobleza de su ascendencia.

Se sacrifica de este modo a más de un niño prometedor, ya que apenas si sobrevive a la intervención uno de cada diez. Pero la ambición de los padres es tan fuerte entre estos polígonos que están, digamos, en el borde de la clase circular, que resulta muy raro hallar un noble de esa posición en la sociedad, que haya desdeñado llevar a su primogénito al gimnasio neoterapéutico circular antes de que haya alcanzado el mes de edad.

Ha de transcurrir un año para poder saber si la intervención ha sido un éxito o un fracaso. Lo más probable es que al término de ese período el niño haya añadido una lápida más a las que llenan el cementerio neoterapéutico; pero en algunas raras ocasiones una alegre procesión devuelve a unos padres entusiasmados un pequeño que ha dejado ya de ser un polígono para ser un círculo, por una convención cortés, al menos: y un solo caso de resultado tan feliz induce a multitud de padres poligonales a someterse a sacrificios domésticos similares, que acaban en desenlaces disímiles.

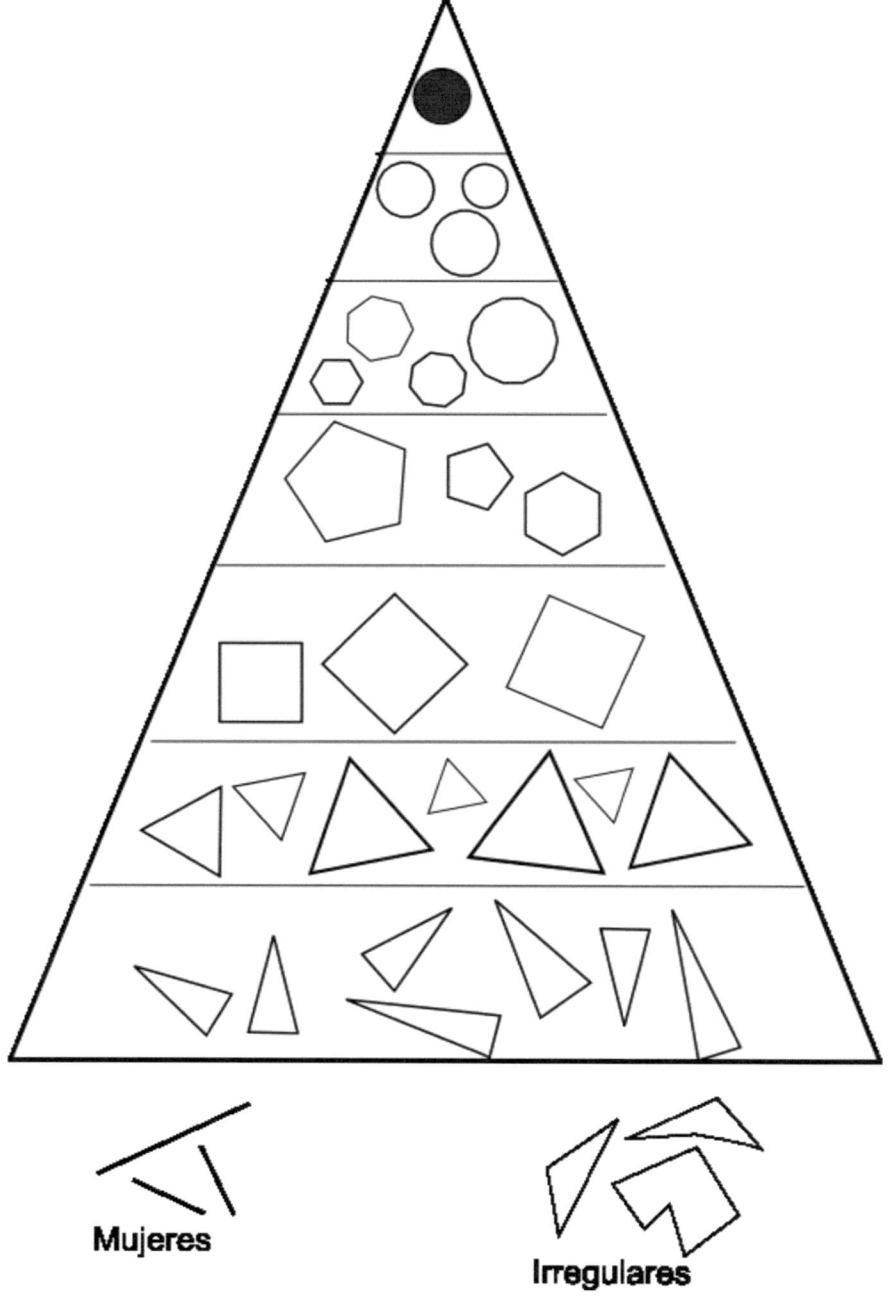

Mujeres

Irregulares

12. Sobre la doctrina de nuestros sacerdotes

EN CUANTO A la doctrina de los círculos, puede resumirse brevemente en una sola máxima: «Atiende a tu configuración». Toda su doctrina, ya sea política, eclesiástica o moral, tiene por objeto la mejora de la configuración individual y colectiva... con especial referencia a la configuración de los círculos, a la que todos los demás objetivos se hallan subordinados.

Es mérito de los círculos el haber logrado reprimir con eficacia aquellas antiguas herejías que llevaban a los hombres a desperdiciar energías y sentimientos en la vana creencia de que la conducta depende de la voluntad, el esfuerzo, el adiestramiento, el estímulo, la alabanza o cualquier cosa que no sea la configuración. Fue Pantociclo (el ilustre círculo antes mencionado como el que sofocó la rebelión cromática) el que primero convenció a la humanidad de que la configuración hace al hombre; de que si, por ejemplo, naces isósceles con dos lados desiguales, te irá mal, seguro, a menos que te los hagas igualar, para cuyo fin has de acudir al hospital de isósceles; así mismo, si eres un triángulo, o un cuadrado, o incluso un polígonos nacido con alguna irregularidad, te han de llevar a uno de los hospitales regulares a que te curen tu enfermedad; en caso contrario, acabarás tus días en la prisión del estado o a manos del ángulo del verdugo oficial.

Pantociclo atribuyó todas las faltas o defectos, desde la infracción más leve al crimen más atroz, a una desviación de la regularidad perfecta en la figura corporal, causada quizá (si no era congénita) por alguna colisión en una multitud; por olvidarse de hacer ejercicio o por hacer demasiado; o incluso por un cambio súbito de temperatura, consecuencia de un encogimiento o una expansión de alguna parte de la estructura demasiado sensible. Por tanto, para aquel ilustre filósofo, ni la mala ni la buena conducta justifican, en una consideración serena, ni la alabanza ni la vergüenza. Porque, ¿debes alabar, por ejemplos la integridad de un cuadrado que defiende fielmente los intereses de su cliente o deberías más bien admirar la precisión exacta de sus ángulos rectos? O también, ¿por qué culpar a un isósceles ladrón y mentiroso cuando deberías más bien deplorar la desigualdad irreparable de sus lados?

Esta doctrina es teóricamente indiscutible; pero tiene inconvenientes prácticos. Al tratar con isósceles, si un granuja alega que roba porque no puede evitarlo a causa de su irregularidad, debes contestar que por esa misma razón, porque no puede evitar ser un incordio para sus vecinos, tú, el magistrado, no puedes evitar condenarle a ser consumido, y queda zanjado así el asunto. Pero en los pequeños problemas domésticos, donde la pena de destrucción, o muerte, queda descartada, hay ocasiones en que esta teoría de la configuración encaja mal; y he de confesar que a veces, cuando uno de mis nietos hexagonales alega como excusa de su desobediencia que un súbito cambio de temperatura le ha debilitado el perímetro, y que yo debería atribuir la culpa a su configuración y no a él, que lo único que necesita es que le fortalezcan con las golosinas más exquisitas, ni veo medio lógico de rebatirle ni de aceptar pese a ello, en la práctica, su conclusión.

Yo, por mi parte, pienso que es mejor considerar que un buen castigo o una severa regañina ejercen una influencia latente y fortificante en la configuración de mi nieto; aunque haya de confesar que no tengo ninguna base para pensar de esa manera. De todos modos, no soy el único que se salva así de ese dilema; pues he descubierto que muchos de los círculos más elevados, cuando ofician de jueces en tribunales de justicia, alaban y culpan a las figuras regulares e irregulares; y sé por experiencia que, en sus hogares, cuando regañan a sus hijos, hablan de «bien» y «mal» con la misma pasión y vehemencia que si creyeran que esos nombres representaran existencias reales, y que una figura humana es realmente capaz de elegir entre ellos.

Los círculos, que aplican constantemente su política de convertir la configuración en la idea rectora de toda inteligencia, invierten la naturaleza de ese mandato que regula las relaciones entre padres e hijos en Espaciolandia. Entre vosotros, se enseña a los hijos a honrar a sus padres; entre nosotros (aparte de los círculos, que son el objeto principal de universal homenaje) se enseña al hombre a honrar a su nieto, si lo tiene; o, si no, a su hijo. Pero «honrar» no significa sin embargo «indulgencia», sino una consideración reverente de sus más altos intereses; y los círculos enseñan que el deber de los padres es subordinar sus propios intereses a los de la descendencia, fomentando así el bienestar de todo el estado, además del de su propia descendencia inmediata.

El punto débil del sistema de los círculos (si puede un humilde cuadrado aventurarse a decir que alguna cosa circular contenga algún elemento de debilidad) me parece a mí que se halla en sus relaciones con las mujeres.

Como es de la máxima importancia para la sociedad el que se eviten los nacimientos de irregulares, se sigue de ello que ninguna mujer que tenga alguna irregularidad en su ascendencia es compañera adecuada para quien desee que su posteridad ascienda por grados regulares en la escala social.

La irregularidad de un varón es una cuestión de medición, pero como todas las mujeres son rectas, y por tanto podríamos decir que visiblemente regulares, hay que idear algún otro medio de establecer lo que debo llamar su irregularidad invisible, es decir, sus irregularidades potenciales en relación con sus posibles vástagos. Esto se realiza mediante un cuidadoso control del linaje, que supervisa y preserva el estado; y a la mujer que no tenga un linaje oficialmente convalidado no se le permite casarse.

Sería lógico suponer que los círculos (orgullosos de su ascendencia e interesados en una descendencia que podría quizás desembocar en el futuro en un círculo jefe) ponen más cuidado que nadie en elegir una esposa que no tenga ninguna mancha en su blasón. Pero no es así. Lo de poner cuidado en la elección de una esposa regular parece disminuir a medida que se asciende en la escala social. Nada podría inducir a un isósceles con aspiraciones, que tuviese esperanzas de engendrar un hijo equilátero, a tomar una esposa que cuente con una sola irregularidad entre sus ancestros; un cuadrado o pentágono, convencido de que su familia se halla en un firme proceso de ascensión, no investiga más allá de la generación número quinientos; un hexágono o dodecágono es aún más despreocupado respecto al linaje de su esposa; pero se ha conocido el caso de un círculo que tomó deliberadamente a una mujer que había tenido un bisabuelo irregular, y todo por causa de una cierta superioridad del lustre, o por el atractivo de una voz suave... que entre nosotros, aún más que entre vosotros, se considera «una cosa excelente en una mujer».

Tales matrimonios mal aconsejados son, como podría esperarse, estériles, si no desembocan en irregularidad positiva o en disminución de lados; pero ninguno de estos males ha resultado ser hasta ahora disuasión suficiente. La pérdida de unos cuantos lados en un polígono de elevado desarrollo no es fácil de apreciar, y se repara a veces mediante una operación con buenos resultados en el Instituto Neoterapéutico, como he explicado antes; y los círculos están demasiado dispuestos a aceptar la infecundidad como una ley del desarrollo superior. Sin embargo, si no se pone coto a ese mal, la gradual disminución de la clase circular puede muy pronto acelerarse, y puede no estar muy lejano el día en que, al no ser ya capaz la especie de producir un círculo jefe, caiga sin remedio la constitución de Planilandia.

Se me ocurren unas palabras más de advertencia, aunque no pueda mencionar fácilmente un remedio. El tema se relaciona también con nuestras relaciones con las mujeres. Hace unos trescientos años, el círculo jefe decretó que, puesto que las mujeres eran deficientes en lo referente a la razón, pero están abundantemente dotadas en lo relativo a la emoción, no se las debía seguir tratando como racionales, ni debían recibir ninguna educación intelectual. La consecuencia fue que no se les enseñó ya a leer, ni incluso a dominar la aritmética lo suficiente para permitirles contar los ángulos de su marido o de sus hijos; y, a causa de ello, su capacidad intelectual fue decayendo gradualmente de generación en generación. Y este sistema de quietismo o no educación de las mujeres prevalece aún.

Temo que esta política, aunque motivada por las mejores intenciones, se haya llevado tan lejos como para que repercuta dañinamente sobre el propio sexo masculino.

Porque la consecuencia es que, tal como están ahora las cosas, nosotros los varones tenemos que dirigir una especie de existencia bilingüe y casi podría decir que bimental.

Con las mujeres hablamos de «amor», «deber», «bien», «mal», «piedad», «esperanza» y otros conceptos irracionales y emotivos, que no tienen existencia alguna, y cuya invención no tiene más objeto que el de controlar las exaltaciones femeninas; pero entre nosotros, y en nuestros libros, tenemos un vocabulario, y casi puedo decir un idioma, completamente distinto. «Amor» se convierte entonces en «la previsión de beneficios»; «deber» se convierte en «necesidad» o «aptitud» y se transmutan correspondientemente otras palabras. Además, utilizamos con las mujeres un lenguaje que indica la máxima deferencia hacia su sexo; y ellas creen a pies juntillas que ni el propio círculo jefe es objeto de más devota adoración de lo que lo son ellas. Pero a espaldas suyas se las considera y se habla de ellas (todos menos los muy jóvenes) como si fueran poco más que «organismos sin inteligencia».

También es completamente distinta nuestra teología en los aposentos de las mujeres que nuestra teología en otros lugares.

Pero mi humilde temor es que este doble adiestramiento, tanto en el lenguaje como en el pensamiento, imponga una carga demasiado pesada a los jóvenes, sobre todo cuando se les aparta a los tres años de edad del cuidado materno y se les enseña a olvidar el viejo lenguaje (salvo con la finalidad de repetirlo en presencia de sus madres y ayas) y a aprender el vocabulario y el idioma de la ciencia. Creo que se aprecia ya una menor capacidad para captar la verdad matemática en el momento actual en comparación con el intelecto más robusto de nuestros ancestros de hace trescientos años. No digo nada ya del posible peligro que podría significar el que una mujer aprendiese alguna vez subrepticiamente a leer y transmitiese a su sexo el resultado de su repaso de una sola obra de literatura popular; ni de la posibilidad de que la indiscreción o la desobediencia de algún niño pudiese revelar a una madre los secretos del dialecto lógico. Considerando simplemente el debilitamiento del intelecto masculino, hago esta humilde apelación a las más altas autoridades para que reconsideren la normativa de la educación femenina.

SEGUNDA PARTE: OTROS MUNDOS

«¡Oh incomparables mundos nuevos, en los que hay tales personas!»

13. Cómo tuve una visión de Linealandia

ERA EL PENÚLTIMO día del año 1999 de nuestra era, y el primero de la Vacación Larga. Después de haber estado divirtiéndome hasta tarde con mi entretenimiento geométrico favorito, me había retirado a descansar con un problema sin resolver en la cabeza. Durante la noche tuve un sueño.

Vi ante mí una vasta multitud de pequeñas líneas rectas (que yo supuse, naturalmente, que eran mujeres) entre las que había otros seres aún más pequeños y que tenían forma de puntos lustrosos, todos moviéndose de un lado a otro y en una misma línea recta, y, por lo que yo podía juzgar, a la misma velocidad. Surgía de ellos a intervalos un ruido de parloteos y gorjeos confusos y multitudinarios mientras se movían; pero a veces dejaban de moverse y entonces se quedaba todo en silencio. Aproximándome a uno de los más grandes de aquellos seres que creía mujeres, lo abordé, pero no recibí respuesta. Una segunda y una tercera apelación por mi parte fueron igualmente ineficaces. Perdiendo la paciencia ante lo que me parecía una grosería intolerable, coloqué la boca en posición absolutamente frontal respecto a la suya para interceptar su movimiento, y repetí bien alto mi pregunta: «Mujer, ¿qué significa toda esta concurrencia y este extraño y confuso gorjeo, y este movimiento monótono a un lado y a otro a lo largo de una misma línea recta?»

—Yo no soy ninguna mujer replicó la pequeña línea—. Yo soy el rey del mundo. Pero tú, ¿de dónde has venido tú, intruso, a mi reino de Linealandia?

Ante esta abrupta respuesta, dije que pedía perdón si había sobresaltado o molestado de algún modo a su alteza real; y, describiéndome como un extranjero, rogué al monarca que me proporcionara alguna información sobre sus dominios. Pero tuve grandes dificultades para obtener información sobre los puntos que realmente me interesaban, pues el rey daba constantemente por supuesto, sin poder evitarlo, que todo lo que era para él familiar tenía que resultarme conocido también a mí y que yo estaba simulando ignorancia por gastarle una broma. Sin embargo, perseverando en las preguntas, extraje los siguientes datos:

Parecía ser que aquel pobre e ignorante monarca (como él se llamaba) estaba convencido de que la línea recta que él llamaba su reino, y en la que transcurría su existencia, constituí a la totalidad del mundo, y en realidad la totalidad del espacio. Al no poder ni moverse ni ver más que en su línea recta, no tenía noción alguna de lo que pudiese estar fuera de ella. Aunque había oído mi voz cuando me había dirigido a él por primera vez, los sonidos le habían llegado de una forma tan contraria a su experiencia que no había contestado nada, «al no ver ningún hombre», según su expresión, «y al oír una voz que parecía salir de mis propios intestinos». Hasta el momento en que emplacé mi boca en su mundo, ni me había visto ni había oído nada más que sonidos confusos chocando con… lo que llamé yo su lado, pero que él llamó su interior o estómago; no tenía tampoco ni la menor noción de la región de la que yo había llegado. Fuera de su mundo, o línea, todo estaba para él en blanco; bueno, ni siquiera en blanco, pues lo de estar en blanco implica espacio; digamos, más bien, que todo era inexistente.

Sus súbditos (de los que las líneas pequeñas eran hombres y los puntos mujeres) estaban todos igualmente confinados en movimiento y visión a la línea recta única, que era su mundo. No creo que haga falta añadir que la totalidad de su horizonte se hallaba limitada a un punto. Hombre, mujer, niño, cosa... todo era un punto para el ojo de un linealandés. Sólo por el sonido de la voz podían distinguirse el sexo y la edad. Además, como cada individuo ocupaba el total del, digamos, estrecho sendero que constituía su universo, y nadie podía moverse hacia la derecha o la izquierda para dejar paso a los transeúntes, resultaba que ningún *linealandés* podía pasar a otro. Una vez vecinos, vecinos para siempre. Entre ellos la vecindad era como el matrimonio entre nosotros. Los vecinos siguen siéndolo hasta que la muerte los separa.

Una vida así, con toda la visión limitada a un punto, y todo el movimiento a una línea recta, me pareció indescriptiblemente monótona; y me sorprendieron la vivacidad y la alegría del rey. Me pregunté si sería posible, en medio de circunstancias tan desfavorables para las relaciones domésticas, gozar de los placeres de la unión conyugal y dudé durante un rato si debía o no interrogar a su alteza real sobre tema tan delicado; pero al final me zambullí en él abruptamente preguntándole por la salud de su familia. «Mis esposas e hijos», contestó, «están bien y felices».

Estupefacto ante esta respuesta (pues en la cercanía inmediata del monarca, tal como había apreciado en mi sueño antes de entrar en Linealandia, no había más que hombres) me aventuré a responder:

—Perdonadme, pero no puedo entender cómo su alteza puede ver o acercarse en algún momento a sus reales majestades, cuando hay media docena por lo menos de individuos interpuestos, a través de los cuales no podéis ni ver ni pasar. ¿Es posible que en Linealandia no sea necesaria la proximidad para el matrimonio y para la generación de hijos?

—¿Cómo podéis hacer una pregunta tan absurda? —replicó el monarca—. Si fuese en realidad como sugerís, pronto se despoblaría el universo. No, no; no es necesaria la vecindad para la unión de corazones; y el nacimiento de hijos es una cuestión demasiado importante para que dependa de un accidente como la proximidad. No es posible que ignoréis esto. Pero, puesto que os complace fingir ignorancia, os instruiré como si fueseis el bebé más bebé de Linealandia. Sabed, pues, que los matrimonios se consuman por medio de la facultad del sonido y a través del sentido de la audición.

«Vos sabéis, claro está, que cada hombre tiene dos bocas o voces (así como dos ojos), una de bajo en uno de sus extremos y otra de tenor en el otro. No debería mencionar esto, pero la verdad es que no he sido capaz de distinguir vuestra voz de tenor en el curso de nuestra conversación.»

Yo contesté que no tenía más que una voz, y que no me había dado cuenta de que su alteza real tuviese dos.

—Esto confirma mi opinión —dijo el rey—, de que vos no sois un hombre, sino una monstruosidad femenina con una voz de bajo y un oído completamente inculto.

Pero continuemos. Habiendo dispuesto la propia naturaleza que cada hombre haya de tener dos esposas...

—¿Por qué dos? —pregunté yo.

—Lleváis demasiado lejos vuestra fingida ignorancia —exclamó él—. ¿Cómo puede haber una unión plenamente armoniosa sin la combinación de los cuatro en uno, es decir, el bajo y el tenor del hombre y la soprano y la contralto de las dos mujeres?

— Pero —dije yo—, ¿y si un hombre prefiriese una esposa o tres?

—Es imposible —dijo él—; es tan inconcebible como que dos y uno pudiesen ser cinco, o que el ojo humano pudiese ver una línea recta.

Yo le habría interrumpido, pero continuó del modo siguiente:

—Una vez por semana, hacia la mitad de ésta, una ley de la naturaleza nos impulsa a desplazarnos de un lado a otro con un movimiento rítmico de violencia superior a la normal, que se prolonga el tiempo que os llevaría contar hasta ciento uno. En medio de esta danza coral, en la pulsación cincuenta y uno, los habitantes del universo se detienen en plena carrera y cada individuo emite sus tonos más ricos, plenos y dulces. En ese momento decisivo es cuando se realizan todos nuestros matrimonios. Tan exquisito es el ajuste de bajo a tiple, de tenor a contralto, que muchas veces las amadas identifican inmediatamente la nota receptiva del amado que les está destinado aunque estén a veinte mil leguas de distancia; y el amor los une entonces a los tres, atravesando los míseros obstáculos de la distancia. El matrimonio que se consuma en ese instante produce una prole masculina y femenina triple que ocupa su lugar en Linealandia.

—¿Qué? ¿Siempre triple? —dije yo—. ¿Debe tener una mujer entonces siempre gemelos?

—¡Oh monstruosidad con voz debajo! Sí —contestó el rey—. ¿Cómo podría mantenerse si no el equilibrio entre los sexos, si no nacieran dos niñas por cada muchacho? ¿Acaso ignoráis el alfabeto mismo de la naturaleza?

Dejó de hablar, mudo de cólera; y tardé un rato en conseguir inducirle a reanudar su narración.

—No supondréis, claro está, que entre nosotros cada soltero encuentre sus parejas en el primer cortejo de este coro matrimonial universal. La mayoría de nosotros, por el contrarios repetimos varias veces el proceso. Pocos son los corazones cuyo feliz destino es identificar inmediatamente en las voces mutuas a la pareja que les ha destinado la Providencia y volar en un abrazo recíproco y perfectamente armónico. En la mayoría de los casos el noviazgo es de larga duración. Las voces del cortejador pueden tal vez armonizar con una de las futuras esposas, pero no con las dos; o no armonizar, en principios con ninguna de ellas; o la soprano y la contralto pueden no armonizar del todo. En estos casos la naturaleza ha dispuesto que cada coro semanal vaya llevando a los tres amantes a una armonía más íntima. Cada prueba de voz, cada nuevo descubrimiento de disonancia, induce casi imperceptiblemente al menos perfecto a modificar su expresión vocal de manera que se aproxime más a lo más perfecto. Y tras muchas pruebas y muchas aproximaciones, se alcanza por fin el resultado. Llega al fin el día en que, cuando se inicia el acostumbrado coro matrimonial de la Linealandia universal, los tres alejados amantes se hallan de pronto en armonía exacta y, antes de que despierten, el triplete conyugal se embelesa vocalmente en un abrazo dúplice; y la naturaleza se regocija ante un matrimonio más y tres nuevos nacimientos.

14. Cómo intenté en vano explicar la naturaleza de Planilandia

PENSANDO QUE YA era hora de hacer bajar al monarca de sus raptos hasta el nivel del sentido común, decidí intentar exponerle algunos atisbos de la verdad, es decir, de la naturaleza de las cosa s en Planilandia. Empecé, por tantos así:

—¿Cómo diferencia su alteza real las formas y las posiciones de sus súbditos? Yo, por mi parte, percibí por el sentido de la vista, antes de entrar en vuestro reino, que algunos de los vuestros son líneas y otros puntos, y que algunas de las líneas son más largas...

—Habláis de una imposibilidad —me interrumpió el rey—, debéis haber visto una visión; porque apreciar la diferencia entre un punto y una línea mediante el sentido de la vista es, como todo el mundo sabe, imposible, por la propia naturaleza de las cosas; pero se puede apreciar por el sentido de la audición, medio por el que se puede apreciar también con exactitud mi forma. Miradme... soy una línea, la más larga de Linealandia, unos quince centímetros de espacio...

—De longitud—me aventuré a sugerir.

—Necio —dijo él—, espacio es longitud. Si me interrumpís de nuevo, se acabó.

Me disculpé; pero siguió burlándose.

—Dado que no se os puede hacer entrar en razón, oiréis con vuestros propios oídos cómo revelo por medio de mis dos voces mi forma a mis esposas, que están en este momento a 9.654 km. 64 m. y 81 cm de distancia, la una al norte y la otra al sur. Escuchad, las llamo.

Gorjeó y luego continuó muy satisfecho:

—Mis esposas están recibiendo en este momento el sonido de una de mis voces, seguida de cerca por la otra, y, al percibir que la última llega a ellas después de un intervalo en el que el sonido puede atravesar 16,4 cm., deducen que una de mis bocas está 16,4 cm. más allá de ellas que la otra, y saben por ello que tengo una forma de 16,4 cm. Pero, como comprenderéis, ellas no hacen ese cálculo cada vez que oyen mis dos voces. Lo hicieron, de una vez por todas, antes de casarse. Pero *podrían* hacerlo en cualquier momento. Y yo puedo calcular del mismo modo la forma de cualquiera de mis súbditos varones a través del sentido de la audición.

—¿Pero qué pasa —dije yo — si un hombre finge voz de mujer con una de sus dos voces o si disfraza su voz meridional para que no pueda identificarse como el eco de la septentrional? ¿Pueden causar problemas graves esos engaños? ¿Y no tenéis algún medio de descubrir fraudes de este tipo ordenando a vuestros súbditos vecinos que se toquen entre sí?

Esta pregunta era, desde luego, muy estúpida, pues tocar no habría servido para ese propósito; pero la formulé con la finalidad de irritar al monarca, y lo conseguí plenamente.

—¡Qué! —gritó horrorizado—, explicad lo que queréis decir.

—Tocar, palpar, entrar en contacto —repliqué.

—Si queréis decir con lo de *tocar* —dijo el rey— aproximarse tanto como para que no quede espacio entre dos individuos, sabed, extranjero, que ese delito se castiga en mis dominios con la muerte. Y la razón es obvia. La frágil forma de una mujer puede hacerse trizas con esa aproximación, por lo que el estado ha de protegerla; pero como no puede diferenciarse a la mujer de los hombres por el sentido de la vista, la ley ordena universalmente que ni el hombre ni la mujer deben aproximarse tan estrechamente como para destruir el intervalo entre el que se aproxima y el aproximado.

«¿Y qué finalidad podría tener, después de todo, ese exceso ilegal y antinatural de aproximación que vos llamáis tocar, cuando todos los objetivos que persigue tan brutal y tosco proceso se alcanzan con más facilidad y al mismo tiempo con mayor precisión por medio del sentido de la audición? En cuanto al peligro de engaño de que habláis, es inexistente, pues la voz, al ser la esencia del propio ser, no puede modificarse de ese modo a voluntad. Pero bueno, supongamos que yo tuviese el poder de pasar a través de cosas sólidas, de manera que pudiese atravesar a mis súbditos, uno detrás de otro, incluso hasta el número de un billón, verificando el tamaño y la distancia de cada uno con ese sentido del *tocar*: ¡cuánto tiempo y cuánta energía se derrocharían en ese método torpe e impreciso! Mientras que ahora, en un instante de audición, hago, como si dijésemos, el censo y la estadística, local, corporal, mental y espiritual, de todos los seres vivos de Linealandia. ¡Oír, basta con oír!»

Dicho esto, se calló y se puso a escuchar, como en éxtasis, un sonido que a mí no me pareció más que el leve chirriar de una multitud innumerable de cigarras liliputienses.

—La verdad es —repliqué— que vuestro sentido de la audición os es de gran utilidad y salva muchas de vuestras deficiencias. Pero permitidme que os diga que vuestra vida en Linealandia debe de ser deplorablemente aburrida. ¡No ver más que un punto! ¡No poder contemplar ni siquiera una línea recta! ¡No saber siquiera lo que es!

¡Ver, pero estar desconectado de esas perspectivas lineales que se nos conceden a nosotros en Planilandia! ¡Es mejor sin duda carecer del todo del sentido de la visión que ver tan poco! Os concedo que no poseo vuestra facultad de audición discriminatoria, pues el concierto de toda Linealandia, que tan intenso placer os causa, no es para mí más que un cotorreo o un gorjeo multitudinario. Pero al menos puedo diferenciar, con la vista, una línea de un punto. Y permitidme que lo pruebe. Inmediatamente antes de entrar en vuestro reino, os vi bailar de izquierda a derecha, y luego de derecha a izquierda, con siete hombres y una mujer en vuestra proximidad inmediata a la izquierda, y ocho hombres y dos mujeres a vuestra derecha. ¿No es así?

—Así es —dijo el rey—, en lo que se refiere al número y a los sexos, aunque no sé lo que queréis decir con «derecha» e «izquierda». Pero niego que vieseis esas cosas. Pues, ¿cómo podríais ver la línea, es decir el interior, de un hombre? Debéis de haber oído, sin embargo, esas cosas y soñado después que las veíais. Y permitidme que os pregunte qué queréis decir con esas palabras de «izquierda» y «derecha». Supongo que es vuestro modo de decir «hacia el norte» y «hacia el sur».

—Nada de eso —contesté yo —. Además de vuestro movimiento hacia el norte y hacia el sur, hay otro movimiento que yo llamo de derecha a izquierda.

Rey. Mostradme, por favor ese movimiento de derecha a izquierda.

Yo. No, no puedo hacer eso. Sólo podría si vos pudieseis salir del todo de vuestra línea.

Rey. ¿Salir de mi línea? ¿Queréis decir del mundo? ¿Del espacio?

Yo. Bueno, sí. De *vuestro* mundo. De *vuestro* espacio. Pues vuestro espacio no es el verdadero espacio. El verdadero espacio es un plano; pero vuestro espacio es sólo una línea.

Rey. Si no podéis indicar ese movimiento de derecha a izquierda vos mismo, haciéndolo, os ruego entonces que me lo describáis con palabras.

Yo. Si vos no podéis diferenciar vuestro lado derecho de vuestro lado izquierdo, me temo que ninguna palabra que diga podrá aclararon lo que quiero decir. Pero no es posible que ignoréis una distinción tan simple.

Rey. No entiendo nada de lo que decís.

Yo. ¡Ay! ¿Cómo lo aclararé? Cuando avanzáis en línea recta, ¿no se os ocurre a veces que *podríais* moveros de algún otro modo, girando el ojo en redondo como para mirar en la dirección hacia la que tenéis vuelto ahora vuestro lado? En otras palabras, en vez de moveros siempre en la dirección de uno de vuestros extremos, ¿nunca sentís el deseo de moveros en la dirección, digamos, de vuestro lado?

Rey. Nunca. ¿Y qué queréis decir? ¿Cómo puede el interior de un hombre «volverse hacia» una dirección? ¿O cómo puede un hombre moverse en la dirección de su interior?

Yo. Buenos entonces, ya que las palabras no pueden explicar el asuntos probaré con los hechos e iré saliendo poco a poco de Linealandia en la dirección que deseo indicaron.

Y, dicho esto, empecé a sacar el cuerpo de Linealandia. Mientras algo de mí permaneció en sus dominios y al alcance de su vista, el rey no paraba de decir: «Os veo, os veo aún; no estáis moviéndoos». Pero cuando salí del todo de su línea, exclamó con la más aguda de sus voces: «Se ha esfumado; ha muerto». «No estoy muerto», contesté; «sólo estoy fuera de Linealandia, es decir, fuera de la línea recta que vosotros llamáis espacio, y en el verdadero espacio, donde puedo ver las cosas como son. Y en este momento puedo ver vuestra línea o lados o interior como a vos os gusta llamarle; y puedo ver también a los hombres y mujeres que están al norte y al sur de vos, a los que ahora enumeraré, describiendo su orden, su tamaño y el intervalo que media entre ellos».

Mi cuerpo inmediatamente antes de que desapareciese

Linealandia ⟶   El Rey

Tras hacer con toda parsimonia lo que le había dicho, grité triunfalmente: «¿Os convencéis por fin?» Y, acto seguido, entré una vez más en Linealandia, ocupando la misma posición que antes.

Pero el monarca contestó:

—Si fueseis un hombre de juicio... aunque, como parece que tenéis sólo una voz, estoy convencido de que no sois un hombre sino una mujer... En fin, si tuvieseis una pizca de juicio, os avendríais a razones. Me pedís que crea que hay otra línea además de la que mis sentidos indican, y otro movimiento además de éste del que tengo conciencia habitual. Yo, a cambio, os pido que describáis con palabras o indiquéis moviéndoos esa otra línea de la que habláis. Vos, en vez de moveros, os limitáis a ejercitar un arte mágico que os permite desaparecer y volver a haceros visible; y, en vez de una descripción lúcida de vuestro nuevo mundo, os limitáis a decirme el número y tamaño de unas cuarenta personas de mi séquito, datos que conoce cualquier niño de mi capital. ¿Puede haber mayor irracionalidad o descaro? Reconoced vuestra necedad o salid de mis dominios.

Furioso por su obstinación malsana, y particularmente indignado por el hecho de que manifestase que ignoraba mi sexo, repliqué en términos algo descomedidos:

—¡Oh ser ignorante y obstinado! Os creéis la perfección de la existencia y sois en realidad el más imperfecto y estúpido de todos los seres. ¡Os ufanáis de ver, cuando no podéis ver más que un punto! Os vanagloriáis de deducir la existencia de una línea recta; pero yo *puedo ver* líneas rectas y deducir la existencia de ángulos, triángulos, cuadrados, pentágonos, hexágonos e incluso círculos. ¿Por qué desperdiciar más palabras? Basta con decir que soy la plenitud de vuestro yo incompleto. Vos sois una línea, pero yo soy una línea de líneas, lo que en mi país se llama un cuadrado: e incluso yo, pese a ser infinitamente superior a vos, soy poca cosa entre los grandes nobles de Planilandia, de donde he venido a visitaros, con la esperanza de iluminar vuestra ignorancia.

El rey, al oír estas palabras, avanzó hacia mí con un grito amenazador como si se propusiera atravesarme por la diagonal; y en ese mismo instante se alzó de las miríadas de súbditos suyos un grito de guerra multitudinario, cuya vehemencia fue aumentando hasta que me pareció que rivalizaba con el griterío de un ejército de cien mil isósceles y la artillería de un millar de pentágonos. Maravillado e inmóvil, no pude hablar ni moverme para evitar la destrucción inminente; y cuando el estruendo se hizo aún más ruidoso, y el rey se acercó aún más, desperté y me encontré con que la campanilla del desayuno me estaba llamando a las realidades de Planilandia.

15. Sobre un desconocido de Espaciolandia

DE LOS SUEÑOS pasé a los hechos.

Era el último día del año 1999 de nuestra era. El tamborileo de la lluvia había anunciado hacía mucho la caída de la noche; y yo estaba sentado[5] en compañía de mi esposa, cavilando sobre los acontecimientos del año transcurrido y las perspectivas del año siguiente, del siglo siguiente, del milenio siguiente.

Mis cuatro hijos y mis dos nietos huérfanos se habían retirado a sus respectivos aposentos; y sólo mi esposa se había quedado allí conmigo a ver cómo se terminaba el viejo milenio y se iniciaba el nuevo.

Yo estaba absorto en mis pensamientos, considerando unas palabras que habían salido por casualidad de la boca de mi nieto más pequeño, un joven hexágono sumamente prometedor, de una inteligencia extraordinaria y una angularidad perfecta. Sus tíos y yo habíamos estado dándole su lección práctica habitual de identificación visual, girándonos sobre nuestros centros, primero rápidamente, luego más despacio, e interrogándole sobre nuestras posiciones; y sus respuestas habían sido tan satisfactorias que me había sentido impulsado a recompensarle dándole unas cuantas pistas de aritmética, aplicada a la geometría.

Tomando nueve cuadrados, de tres centímetros de lado cada uno, los había unido todos para hacer uno sólo grande de nueve centímetros de lado, y le había demostrado así a mi nieto que (aunque era imposible para nosotros ver el interior del cuadrado) podíamos, sin embargo, calcular el número de centímetros cuadrados de un cuadrado simplemente elevando al cuadrado el número de centímetros del lado:

—Y así —dije yo—, sabemos que 9^2 u 81, representa el número de centímetros cuadrados de un cuadrado de 9 centímetros de lado.

El pequeño hexágono meditó un rato sobre esto y luego me dijo:

—Pero tú has estado enseñándome a elevar números a la tercera potencia: supongo que 9^3 tiene que significar algo en geometría, ¿qué significa?

—Nada en absoluto —contesté yo —, al menos en geometría; porque la geometría sólo tiene dos dimensiones.

Y luego empecé a mostrarle al chico cómo un punto que se mueve a lo largo de una longitud de nueve centímetros forma una línea de nueve centímetros, que se puede representar por 9; y cómo una línea de nueve centímetros, moviéndose paralelamente a sí misma a través de una longitud de nueve centímetros, forma un cuadrado de nueve centímetros de lado, que puede representarse por 9^2

Ante esto, mi nieto, volviendo a su comentario anterior, me interrumpió bastante bruscamente y exclamó:

—Bueno, entonces, si un punto, al desplazarse nueve centímetros, forma un línea de nueve centímetros representada por 9, y si una línea recta de nueve centímetros, desplazándose paralelamente a sí misma, forma un cuadrado de nueve centímetros de lado, representado por 9^2, un cuadrado de nueve centímetros de lado, moviéndose de algún modo paralelamente a sí mismo (aunque yo no veo cómo) debe componer algo más (pero no veo qué) de nueve centímetros de lado... y eso tiene que representarse por 9^3.

—Vete a la cama —dije yo, un poco irritado por su interrupción—, si dijeras menos tonterías, tendrías más sentido común.

Así que mi nieto había desaparecido castigado; y allí estaba yo sentado al lado de mi esposa, intentando componer una retrospectiva del año 1999 y de las posibilidades del 2000, pero sin ser capaz del todo de librarme de los pensamientos que me sugería el parloteo de mi inteligente y pequeño hexágono. Sólo quedaban ya unas cuantas arenillas en el reloj de media hora. Salí de mi ensueño y di vuelta al reloj hacia el norte por última vez en el viejo milenio; y exclamé al hacerlo, en voz alta:

—El chico es tonto.

Me di cuenta inmediatamente de que había una presencia en la habitación, y luego sentí que estremecía todo mi ser un soplo escalofriante.

—No es tal cosa —exclamó mi esposa—, y tú estás quebrantando los mandamientos al deshonrar así a tu propio nieto.

Pero no le hice ningún caso. Miraba a mi alrededor, a un lado y a otro, en todas direcciones y no podía ver nada; sin embargo, seguía sintiendo una presencia, y me estremecí cuando surgió de nuevo aquel susurro frío. Me levanté.

—¿Qué pasa? —dijo mi esposa—, no hay ninguna corriente; ¿qué es lo que buscas?

No hay nada.

No había nada; y me senté de nuevo, diciendo otra vez:

—Ese chico es tonto, sí; 9^3 no puede tener ningún significado en geometría.

Y en ese mismo instante me llegó una respuesta claramente audible:

—El chico no es ningún tonto; y 9^3 tiene un significado geométrico evidente.

Mi esposa oyó las palabras lo mismo que yo, aunque no entendiese lo que significaban, y los dos nos precipitamos en la dirección del sonido. ¡Cuál no sería nuestro horror cuando vimos ante nosotros una figura! A primera vista parecía ser una mujer, vista de lado; pero unos instantes de observación me mostraron que los extremos se hacían borrosos con demasiada rapidez para que se tratase de alguien del sexo femenino; y yo habría pensado que se trataba de un círculo si no pareciese cambiar de tamaño de una forma imposible en un círculo o en cualquier figura regular de la que yo hubiese tenido experiencia.

Pero mi esposa no tenía mi experiencia ni la frialdad necesaria para apreciar estas características. Con la precipitación y el celo irracional habituales de su sexo, llegó inmediatamente a la conclusión de que había entrado en la casa una mujer a través de alguna pequeña abertura.

—¿Cómo ha entrado aquí esa persona? —exclamó —. Tú me prometiste, querido mío, que no habría aberturas de ventilación en nuestra nueva casa.

—No hay ninguna —dije yo —; ¿pero qué te hace pensar que el extraño es una mujer? Yo veo con mi poder de identificación visual...

—Oh, no me hagas perder la paciencia con tu identificación visual —replicó ella—.

«Tocar es creer» y «El tacto vale para una línea recta lo que la vista para un círculo».

Se trata de dos proverbios muy frecuentes entre el sexo débil de Planilandia.

—Bueno —dije yo, pues tenía miedo de irritarla—, en ese caso, exígele que se presente.

Mi esposa adoptó entonces su actitud más amable y avanzó hacia el desconocido.

—Permitidme, señora, tocar y ser tocada —dijo, y luego, retrocediendo súbitamente, exclamó—: ¡Oh! No es una mujer y no tiene ningún ángulo además, ni rastro de ellos. ¿Cómo es posible que haya sido tan grosera con un círculo perfecto?

—Soy realmente, en cierto modo, un círculo—replicó la voz—, y un círculo más perfecto que cualquiera que pueda haber en Planilandia; pero hablando con algo más de propiedad, soy muchos círculos en uno.

Luego añadió, más suavemente:

—Tengo un mensaje, querida señora, para su marido, que no debo comunicar en vuestra presencia, así que, si podéis permitir que nos retiremos unos minutos...

Pero mi esposa no quiso que nuestro augusto visitante tuviera que tomarse esa molestia y, asegurándole que hacía mucho ya que había pasado la hora en que ella debía irse, tras disculparse reiteradamente por su reciente indiscreción, se retiró a sus aposentos.

Miré el reloj de arena de media hora. Había caído ya la última arenilla. Había empezado el tercer milenio.

16. Cómo el desconocido intentó en vano revelarme con palabras los misterios de Espaciolandia

TAN PRONTO COMO se hubo apagado el sonido del grito de paz de mi esposa, comencé a aproximarme al desconocido con la intención de tener una visión más de cerca de él y de rogarle que se sentase; pero su apariencia me dejó mudo y paralizado de asombro. Pese a no manifestar ningún síntoma de angularidad, variaba a cada instante con gradaciones de tamaño y brillantez escasamente posibles para cualquier figura de que yo tuviese experiencia. Se me ocurrió de pronto la idea de que tal vez tuviese ante mí a un ladrón o un asesino, a algún isósceles irregular monstruoso, que, fingiendo la voz de un círculo, hubiese conseguido misteriosamente acceder a mi casa y se dispusiese a atravesarme con su ángulo agudo.

Estando como estaba en una sala de estar, la ausencia de niebla (y se daba la circunstancia de que la estación era notablemente seca) hacía que me resultase difícil confiar en la identificación visual, especialmente con la corta distancia que nos separaba. Poseído de un miedo incontenible, me precipité hacia adelante con un nada ceremonioso «Permítame usted, caballero...» y le toqué. Mi esposa tenía razón. No había el menor rastro de ángulo, ni la más leve aspereza o desigualdad: nunca había conocido un círculo más perfecto. Se mantuvo inmóvil mientras di una vuelta alrededor de él, empezando por el ojo y volviendo a él. Era absolutamente circular, un círculo absolutamente satisfactorio; no podía haber la menor duda de ello. Luego siguió un diálogo, que procuraré transcribir lo más fielmente que pueda recordarlo, omitiendo sólo algunas de mis profusas disculpas... porque me sentía lleno de vergüenza y de humillación por el hecho de que yo, un cuadrado, hubiese incurrido en la impertinencia de tocar a un círculo. Inició el diálogo el propio desconocido, con cierta impaciencia por lo prolongado de mi proceso introductorio.

Desconocido. ¿Me habéis tocado ya lo suficiente por esta vez? ¿No os vais a presentar a mí aún?

Yo. Ilustrísimo señor, perdonad mi torpeza, que procede no de la ignorancia de los modales de la buena sociedad, sino de una leve sorpresa y un cierto nerviosismo, que se deben a esta visita un tanto inesperada. Y os ruego que no reveléis a nadie mi indiscreción, y sobre todo no se lo digáis a mi mujer. Pero antes de que vuestra señoría pase a comunicarme otras cuestiones, ¿podría dignarse satisfacer la curiosidad de alguien a quien le gustaría saber de dónde viene su visitante?

Desconocido. Del espacio, caballero, del espacio, ¿de dónde si no?

Yo. Perdonadme, señorías ¿pero no estáis ya en el espacio, no lo estamos vuestra señoría y su humilde servidor, en este mismo instante?

Desconocido. ¡Bah! ¿Qué sabéis vos del espacio? Definid el espacio.

Yo. El espacio, mi señor, es altura y anchura indefinidamente prolongadas.

Desconocido. Exactamente: ¿veis como no sabéis siquiera lo que es el espacio?

Creéis que sólo tiene dos dimensiones; pero yo he venido a informaros de una tercera: hay altura, anchura y longitud.

Yo. A vuestra señoría le gusta bromear. Nosotros también hablamos de longitud y altura o anchura y grosor, indicando así dos dimensiones con cuatro nombres.

Desconocido. Pero yo no quiero decir sólo tres nombres, sino tres dimensiones.

Yo. ¿Querríais indicarme o explicarme, señoría, en qué dirección está la tercera dimensión, desconocida para mí?

Desconocido. Yo vine de ella. Está arriba y abajo.

Yo. Su señoría se refiere sin duda a lo que es dirección norte y dirección sur.

Desconocido. No me refiero a nada de eso. Me refiero a una dirección en la que vos no podéis mirar, porque no tenéis ningún ojo en el lado.

Yo. Perdonadme, mi señor, una breve inspección os convencerá de que tengo una luminaria perfecta en la juntura de dos de mis lados.

Desconocido. Sí, pero para poder mirar en el espacio deberíais tener un ojo, no en vuestro perímetro sino en vuestro lado. Es decir, en lo que vos probablemente llaméis vuestro interior; pero que nosotros, en Espaciolandia, llamaríamos vuestro lado.

Yo. ¡Un ojo en mi interior! ¡Un ojo en el estómago! Su señoría bromea.

Desconocido. No estoy de humor festivo. Os aseguro que vengo del espacio, o, puesto que no entenderéis lo que significa espacio, del País de Tres Dimensiones, desde donde he bajado la vista últimamente hacia vuestro plano, que es lo que vosotros llamáis espacio. Desde esa posición ventajosa he contemplado todo lo que vosotros llamáis *sólido* (por lo que entendéis «cerrado por cuatro lados»), vuestras casas, vuestras iglesias, hasta vuestros arcones y cajas fuertes, e incluso vuestras entrañas y estómagos, todo ello extendido y abierto y expuesto a mi vista. Yo. Es fácil hacer esas afirmaciones, señoría.

Desconocido. Pero no es fácil de probar, queréis decir. Pero yo me propongo demostrarlas. «Cuando descendí aquí, vi a vuestros cuatro hijos, los pentágonos, cada uno en su aposento, y a vuestros dos nietos los hexágonos, que estuvieron un rato con vos y luego se retiraron a su habitación, dejándoos a vos y a vuestra esposa solos. Vi a vuestros sirvientes isósceles, tres en total, en la cocina, cenando, y al chico que ayuda en la cocina fregando. Luego vine aquí y ¿cómo creéis que vine?»

Yo. A través del techo, supongo.

Desconocido. Nada de eso. Vuestro techo, como sabéis muy bien, ha sido reparado muy recientemente y no tiene ninguna abertura por la que pudiese penetrar ni siquiera una mujer. Os repito que vengo del espacio. ¿No os convence lo que os he dicho de vuestros hijos y vuestra casa?

Yo. Su señoría debería comprender que esos hechos relacionados con las pertenencias de su humilde servidor

podrían obtenerse de cualquiera de la vecindad, pose-
yendo los amplios medios de obtener información con que
cuenta vuestra señoría.

Desconocido. (Para sí) ¿Qué debo hacer? Un momento; se me ocurre un argumento más. Cuando veis una
línea recta, vuestra esposa, por ejemplo, ¿cuántas dimensiones le atribuís?

Yo. ¿Acaso vuestra señoría me considera alguien del
vulgo que al ignorar las matemáticas supone que una
mujer es en realidad una línea recta y sólo de una dimensión? No, no, mi señor; nosotros los cuadrados sabemos más, y tenemos tan claro como vuestra señoría que
una mujer, aunque se le llame vulgarmente una línea recta,
es, en realidad, científicamente, un paralelogramo muy
delgado, y posee dos dimensiones, como el resto de nosotros, es decir, largo y ancho (o grosor).

Desconocido. No me comprendéis. Lo que quiero
decir es que cuando veis una mujer, debéis (además de
deducir su anchura) ver su longitud, y *ver* lo que nosotros
llamamos *su altura*; aunque esa última dimensión es infinitesimal en vuestro país. Si una línea fuese mera longitud sin «altura», dejaría de ocupar espacio y se haría
invisible. ¿Supongo que admitiréis esto?

Yo. He de confesar que no entiendo nada de lo que
decís, señoría. Cuando en Planilandia vemos una línea,
vemos longitud y *brillo. Si* desaparece el brillo, la línea se
extingue y, como vos decís, deja de ocupar espacio. Pero,
¿he de suponer que vuestra señoría da al brillo el título de
una dimensión y que lo que nosotros llamamos «brillante»
vos lo llamáis «alto»?

Desconocido. En realidad, no. Por «altura» entiendo una dimensión como vuestra longitud: sólo que, en vuestro caso, la «altura», al ser extremadamente pequeña, no es tan fácil de apreciar.

Yo. Mi señor, es fácil poner a prueba vuestra afirmación. Decís que tengo una tercera dimensión, que llamáis «altura». Bien, dimensión entraña dirección y medida. No tenéis más que medir mi «altura», o indicarme simplemente la dirección en la que se extiende mi «altura» y me habréis convencido. De lo contrario, vuestra señoría habrá de excusarme, pero...

Desconocido. (Para sí). No puedo hacer ninguna de las dos cosas. ¿Cómo voy a convencerle? Una simple exposición de los hechos seguida de una demostración ocular debería ser sin duda suficiente... Veamos, señor; escuchadme. «Vos estáis viviendo en un plano. Lo que vos llamáis Planilandia es la inmensa superficie lisa de lo que yo debo llamar un fluido, en, o sobre, la parte superior del cual vos y vuestros compatriotas os desplazáis, sin elevaros por encima de él ni caer por debajo.» Yo no soy una figura plana, sino un sólido. Vos me llamáis círculo; pero en realidad no soy un círculo, sino un número infinito de círculos, cuyo tamaño varía desde el de un punto al de un círculo de treinta centímetros de diámetro, colocados uno sobre otro. Cuando corto transversalmente vuestro plano como estoy haciendo ahora, hago en él una sección que vosotros llamáis, muy correctamente, un círculo. Y es que una esfera (que es el nombre que me corresponde en mi país) si es que llega a manifestarse alguna vez a un habitante de Planilandia, ha de hacerlo inevitablemente como un círculo.

»¿No recordáis (pues yo, que veo todas las cosas, capté anoche la visión fantasmal de Linealandia escrita en vuestro cerebro), no recordáis, repito, cómo, cuándo entrasteis en el reino de Linealandia, os visteis obligado a manifestaros al rey, no como un cuadrado, sino como una línea, porque ese reino lineal no tenía dimensiones suficientes para representar vuestra totalidad, sino sólo una rodaja o sección de vos? Exactamente del mismo modo, vuestro reino de dos dimensiones no es lo suficientemente espacioso para representarme a mí, un ser de tres, sino que sólo puede mostrar una rodaja o sección de mí, que es lo que vosotros llamáis un círculo.

»Esa disminución del brillo de vuestro ojo indica incredulidad. Pero disponeos ahora a recibir una prueba positiva de la veracidad de mis afirmaciones. No podéis ver realmente más que una de mis secciones, o círculos, cada vez; pues no tenéis capacidad para elevar vuestro ojo fuera del plano de Planilandia; pero podéis al menos ver que, cuando me elevo en el espacio, mis secciones van haciéndose más pequeñas. Fijaos ahora, me elevaré; y el efecto sobre vuestro ojo será que mi círculo se irá haciendo cada vez más pequeño hasta reducirse a un punto y finalmente desaparecer.»

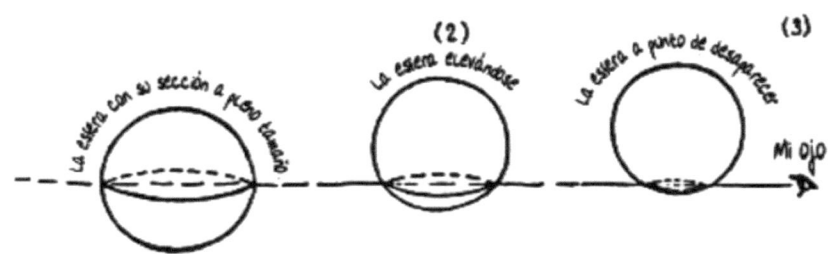

No hubo ninguna «elevación» que yo pudiese ver; pero disminuyó de tamaño y finalmente desapareció. Parpadeé una o dos veces para cerciorarme de que no estaba soñando. Pero no era ningún sueño, pues de las profundidades de la nada surgió una voz hueca (parecía sonar al lado de mi corazón):

—¿He desaparecido del todo? ¿Os habéis convencido ya? Pues bien, ahora regresaré gradualmente a Planilandia y veréis cómo mi sección va haciéndose cada vez más grande.

Los lectores de Espaciolandia comprenderán todos ellos fácilmente que mi misterioso huésped estaba hablando el lenguaje de la verdad e incluso de la sencillez. Pero para mí, aunque ducho en las matemáticas de Planilandia, no era en modo alguno una materia simple. El tosco diagrama que se incluye arriba mostrará claramente a cualquier niño de Espaciolandia que la esfera, ascendiendo en las tres posiciones que se indican allí, tenía necesariamente que manifestarse a mí, o a cualquier planilandés, como un círculo, al principio en todo su tamaño, luego pequeño; y por último realmente muy pequeño, acercándose al punto. Pero para mí, aunque presenciaba directamente los hechos, las causas de ellos eran tan obscuras como siempre. Lo único que yo podía comprender era que el círculo se había hecho más pequeño y había desaparecido, y que luego había reaparecido y había ido haciéndose rápidamente más grande.

Cuando recuperó su tamaño original, lanzó un profundo suspiro; pues comprendió por mi silencio que no había logrado entenderle en absoluto. Y la verdad es que me sentía inclinado a creer que no debía tratarse en modo alguno de un círculo, sino de algún malabarista sumamente hábil: o si no, que eran ciertos los cuentos de las viejas y que había, después de todo, gentes como los magos y los encantadores.

Tras una larga pausa murmuró para sí: «Me queda un último recurso, antes de recurrir a la acción. Debo probar el método de la analogía». Siguió luego un silencio aún más largo, tras el cual prosiguió nuestro diálogo.

Esfera. Decidme, señor matemático, si un punto se mueve hacia el norte y deja una estela luminosa, ¿qué nombre le daríais a la estela?

Yo. Una línea recta.

Esfera. ¿Y cuántos extremos tiene una línea recta?

Yo. Dos.

Esfera. Imaginad ahora que la línea recta que va hacia el norte se desplace paralela a sí misma, por el este y el oeste, de modo que cada punto de ella deje atrás la estela de una línea recta, ¿cómo le llamo a eso?

Yo. Un cuadrado.

Esfera. ¿Y cuántos lados tiene un cuadrado? ¿Cuántos ángulos?

Yo. Cuatro lados y cuatro ángulos.

Esfera. Forzad ahora un poco vuestra imaginación e imaginad un cuadrado de Planilandia que se desplazase paralelo a sí mismo hacia arriba.

Yo. ¿Cómo? ¿Hacia el norte?

Esfera. No, no hacia el norte; hacia arriba: completamente fuera de Planilandia.

«Si se moviese hacia el norte, los puntos meridionales del cuadrado tendrían que desplazarse a través de las posiciones previamente ocupadas por los puntos septentrionales. Pero eso no es lo que quiero decir yo.

»Lo que yo quiero decir es que cada punto de vos (pues vos sois un cuadrado y valdréis para el propósito de mi ilustración) cada punto de vos, es decir, de lo que vos llamáis vuestro interior tiene que pasar hacia arriba a través del espacio, de tal manera que ningún punto pase a través de la posición previamente ocupada por algún otro punto, sino que cada punto describa una línea recta propia. Esto está perfectamente de acuerdo con la analogía; ha de estar sin duda claro para vos.»

Dominando mi impaciencia (pues sentía ya una fuerte tentación de lanzarme ciegamente sobre mi visitante y precipitarlo en el espacio, o fuera de Planilandia al menos, para poder librarme de él), repliqué:

—¿Y cuál puede ser la naturaleza de la figura que se forme con ese movimiento que os complacéis en designar con la expresión «hacia arriba»? Supongo que es indescriptible en el idioma de Planilandia.

Esfera. Oh, desde luego. Es todo simple y sencillo, y está rigurosamente de acuerdo con la analogía... sólo que, en realidad, no debéis decir que el resultado sea una figura, sino un sólido. Pero os lo describiré. O más bien no yo, sino la analogía.

«Empezamos con un solo punto que, por supuesto (siendo él mismo un punto), sólo tiene *un* punto terminal.

»Un punto produce una línea con dos puntos terminales.» Una línea produce un cuadrado con *cuatro* puntos terminales.

»Ahora podéis dar vos mismo la respuesta a vuestra propia pregunta: 1, 2, 4, forman, evidentemente, una progresión geométrica. ¿Cuál es el número siguiente?»

Yo. Ocho.

Esfera. Exactamente. El cuadrado único produce un *algo que vos no sabéis aún cómo se llama pero que nosotros llamamos un cubo* con ocho puntos terminales. ¿Os habéis convencido ya?

Yo. ¿Y tiene lados esa criatura, además de ángulos y de lo que vos llamáis «puntos terminales»?

Esfera. Por supuesto; y todo de acuerdo con la analogía. Pero, en realidad, no lo que vos llamáis lados, sino lo que llamamos lados nosotros. Vos le llamaríais sólidos.

Yo. ¿Y cuántos sólidos o lados le corresponderían a ese ser que generaría yo con el desplazamiento de mi interior en esa dirección «hacia arriba» y a los que vos llamáis un cubo?

Esfera. ¿Cómo podéis preguntarlo? ¡Y sois un matemático! El lado de cualquier cosa está siempre, si puedo decirlo así, una dimensión por detrás de ella. Por tanto, como no hay ninguna dimensión por detrás de un puntos un punto tiene 0 lados; una línea, si se me permite decirlo, tiene 2 lados (pues los puntos de la línea pueden llamarse por cortesía sus lados); un cuadrado tiene 4 lados; 0, 2, 4; ¿cómo llamáis vos a esa progresión?

Yo. Aritmética.

Esfera. ¿Y cuál es el número siguiente? Yo. Seis.

Esfera. Exactamente. Veis entonces que habéis respondido a vuestra propia pregunta. El cubo que generaréis estará limitado por seis lados. Es decir, seis de vuestras entrañas. Ahora ya lo en tendéis todo, ¿no?

—¡Monstruo! —grité—, seáis malabarista, encantador, sueño o demonio, no soportaré más vuestras burlas. Uno de los dos, vos o yo, perecerá.

Y, con estas palabras, me precipité sobre él.

17. Cómo la esfera, tras intentarlo en vano con las palabras, recurrió a los hechos

FUE EN VANO. Lancé mi ángulo derecho más duro en una violenta colisión con el desconocido, con fuerza suficiente para haber destruido cualquier círculo ordinario, pero me di cuenta de que se escurría lenta e imparablemente de mi contacto; sin desplazarse ni hacia la derecha ni hacia la izquierda, sino desplazándose como fuera del mundo y esfumándose en la nada. Pronto hubo un vacío. Pero seguía oyendo la voz del intruso.

Esfera. ¿Por qué os negáis a atender a la razón? Yo había albergado la esperanza de hallar en vos (al ser hombre de juicio y consumado matemático) un apóstol adecuado para el evangelio de las tres dimensiones, que sólo se me permite predicar una vez cada mil años. Pero ya no sé cómo convenceros. Un momento, ya lo tengo. Hechos, y no palabras, proclamarán la verdad. Escuchad, amigo.

«Os he dicho que puedo ver desde mi posición en el espacio el interior de todas las cosas que vos consideráis cerradas. Por ejemplo, veo en ese armario junto al que estáis parado, varias de las que vos llamáis cajas (pero que, como todas las demás cosas de Planilandia, no tienen tapa ni fondo) llenas de dinero. Y veo también dos cuadernos de cuentas. Me dispongo a descender hasta dentro de ese armario y datos uno de esos cuadernos. Vi que cerrabais el armario hace media hora, y sé que tenéis la llave en vuestro poder. Pero yo desciendo del espacio; las puertas, veis, se mantienen inmóviles. Ahora estoy en el armario y cojo el cuaderno. Ya lo tengo. Ahora asciendo con él.»

Corrí al armario y abrí la puerta. Había desaparecido uno de los cuadernos. El desconocido apareció, con una risa burlona, en el rincón opuesto de la habitación, y apareció en el suelo al mismo tiempo el cuaderno. Lo cogí. No había duda alguna... era el cuaderno que faltaba.

Gemí, horrorizado, pensando si no habría perdido el juicio, pero el desconocido continuó:

—Ahora tenéis que haber visto ya, sin duda, que es mi explicación, y ninguna otra, la que se corresponde con los fenómenos. Lo que vos llamáis cosas sólidas son, en realidad, superficiales; lo que vos llamáis espacio no es, en realidad, más que un gran plano. Yo estoy en el espacio, y miro desde arriba el interior de las cosas de las que vos sólo veis el exterior. También vos podríais dejar ese plano, si pudieseis reunir la voluntad precisa. Un leve movimiento hacia arriba o hacia abajo os permitiría ver todo lo que puedo ver yo.

»Cuanto más arriba subo, y más me alejo de vuestro planos más puedo ver, aunque por supuesto lo veo a una escala más pequeña. Por ejemplo, estoy ascendiendo; ahora puedo ver a vuestro vecino el hexágono y a su familia en sus diversos aposentos; ahora veo, a diez puertas de distancia, el interior del teatro, del que está saliendo el público en este momento; y, al otro lado, un círculo en su estudio, sentado delante de sus libros. Ahora volveré con vos. Y, como prueba definitiva, ¿qué os parece si os toco, sólo un toque mínimo, en el estómago? No os causará ningún daño graves y el dolor que podáis sentir no puede compararse con el beneficio intelectual que obtendréis.»

Antes de que pudiese decir una palabra de protesta, sentí un dolor súbito y agudo en mi interior, y oí una risa demoníaca que parecía brotar dentro de mí. Al cabo de un momento cesó el intenso calvario, no dejando tras él más que un dolor sordo, y el desconocido empezó a reaparecer, diciendo, a medida que iba aumentando de tamaño:

—Bueno, ¿no os he hecho mucho daño, verdad? Si ahora no estáis convencido, no sé qué os convencerá. ¿Qué decís?

Mi seguridad empezó a resquebrajarse. Parecía insoportable que hubiese de resignarme a soportar las apariciones arbitrarias de un mago que podía hacer aquellos trucos con mi propio estómago. ¡Si pudiese al menos, pensé, sujetarle contra la pared hasta que llegase ayuda!

Lancé de nuevo mi ángulo más duro contra él, alarmando al mismo tiempo a toda la casa con mis gritos pidiendo socorro. Creo que el desconocido se había hundido en el momento de mi embestida por debajo de nuestro plano, y le resultaba bastante difícil elevarse. En cualquier caso, se mantenía inmóvil, mientras yo (creyendo oír el rumor de la ayuda que se acercaba) me apretaba contra él con vigor redoblado y seguía pidiendo socorro a gritos.

Recorrió la esfera un estremecimiento convulsivo. «Esto no puede ser», creí oírle decir, «si no atendéis a razones, he de acudir al último recurso de la civilización».

Luego, dirigiéndose a mí en un tono de voz más alto, exclamó precipitadamente:

—Escuchad: ningún extraño debe presenciar lo que habéis presenciado vos.

Decid a vuestra esposa que dé la vuelta inmediatamente antes de que entre en vuestro aposento. No debe frustrarse de este modo el evangelio de las tres dimensiones. Ni deben desperdiciarse así los frutos de mil años de espera. La oigo venir: ¡Atrás! ¡Atrás!

¡Apartaos de mí o tendréis que venir conmigo, queráis o no, al país de tres dimensiones!

—¡Necio! ¡Demente! ¡Irregular! —exclamé yo—; nunca os dejaré libre; sufriréis el castigo que os corresponde por vuestras imposturas.

—¡Vaya! ¡Con que esas tenemos! —atronó el desconocido—. Pues sufrid vuestro destino: saldréis ahora mismo de vuestro plano. ¡Una, dos, tres! ¡Ya está!

18. Cómo fui a Espaciolandia y lo que vi allí

SE APODERÓ DE Mí un horror inexplicable. Hubo una obscuridad; luego una sensación escalofriante y vertiginosa de una visión que no era como ver; veía una línea que no era ninguna línea; un espacio que no era espacio: yo era yo y no era yo. Cuando recuperé el habla, chillé angustiado:

—Esto es la locura o es el infierno.

—No es ninguna de las dos cosas —contestó parsimoniosamente la voz de la esfera—, es el conocimiento; son las tres dimensiones: abrid los ojos de nuevo y procurad mirar firmemente.

¡Miré y contemplé un nuevo mundo! Todo lo que antes había deducido, conjeturado, soñado, de perfecta belleza circular, se extendía ante mí, visiblemente encarnado. Lo que parecía el centro de la forma del desconocido yacía abierto ante mi vista: sin embargo no podía ver ningún corazón, ni pulmones ni arterias, sólo un bello y armonioso Algo... para lo que no tenía palabras; pero vosotros, lectores míos de Espaciolandia, lo llamaríais la superficie de la esfera.

Postrándome mentalmente ante mi guía, exclamé:

—¿Cómo es posible, oh ideal divino de sabiduría y belleza consumadas, que vea vuestro interior y no pueda ver sin embargo vuestro corazón, vuestros pulmones, vuestras arterias, vuestro hígado?

—Lo que creéis ver, no lo veis —contestó él —; ni vos ni ningún otro ser puede ver mis partes internas. Soy de un orden de seres distinto de los de Planilandia. Si fuese un círculo podríais contemplar mis intestinos, pero soy un ser compuesto, como os dije antes, de muchos círculos, los muchos en el uno, lo que se llama en este país una esfera. Y, lo mismo que el exterior de un cubo es un cuadrado, el exterior de una esfera presenta la apariencia de un círculo.

Aunque estaba desconcertado por la enigmática declaración de mi maestro, ya no me apretaba contra él, sino que le adoraba en adoración silenciosa. Continuó hablando, con una mayor dulzura en la voz:

—No os preocupéis si no podéis entender al principio los misterios más profundos de Espaciolandia. Se os irán aclarando gradualmente. Empecemos por echar un vistazo a la región de la que venís. Volved conmigo un rato a las llanuras de Planilandia, y os mostraré aquello sobre lo que habéis razonado y pensado muchas veces pero nunca habéis apreciado con el sentido de la vista: un ángulo visible.

—¡Imposible! —exclamé.

Pero la esfera abrió la marcha y yo la seguí como en un sueño, hasta que su voz me hizo pararme una vez más:

—Mirad allá, y contemplad vuestra propia casa pentagonal, y a todos sus habitantes.

Miré hacia abajo y vi con mi ojo físico toda aquella individualidad doméstica que hasta entonces sólo había deducido con el entendimiento.

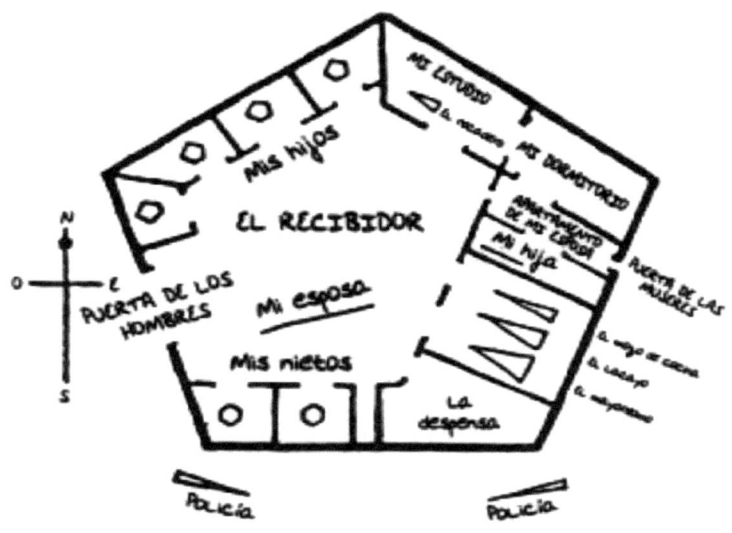

¡Y qué pobre y sombría era la conjetura deducida en comparación con la realidad que estaba contemplando! Mis cuatro hijos plácidamente dormidos en las habitaciones noroccidentales, mis dos nietos huérfanos en el sur; los criados, el mayordomo, mi hija, todos en sus diversos aposentos. Sólo mi afectuosa esposa, alarmada por mi ausencia prolongada, había abandonado su habitación y paseaba arriba y abajo por el vestíbulo, esperando angustiada mi regreso. También el chico de los recados, despertado por mis gritos, había abandonado su habitación y, con el pretexto de comprobar si me había caído en algún sitio por un desmayo, estaba mirando en el armario de mi estudio. Todo esto podía de pronto *verlos* no simplemente deducirlo; y, a medida que fui acercándome más, pude ver también hasta el contenido de mi armario y los dos arcones de oro y los cuadernos que la esfera había mencionado.

Conmovido por el desasosiego de mi esposa, habría bajado de un salto a tranquilizarla, pero me encontré con que no podía moverme.

—No os preocupéis por vuestra esposa —dijo mi guía—, no tardará en dejar de angustiarse; entre tanto, hagamos una inspección de Planilandia.

Sentí que me elevaba de nuevo a través del espacio. Era además como había dicho la esfera. Cuanto más nos alejábamos del objeto que contemplábamos, mayor se hacía el campo de visión. Mi ciudad natal, con el interior de cada casa y cada criatura que había dentro, se extendía abierto en miniatura ante mi vista. Subimos más arriba y hete aquí que quedaron expuestas ante mí las profundidades de las minas y las cavernas más recónditas de las montañas.

Atónito con la visión de los misterios de la tierra, desvelados así ante mi ojo indigno, dije a mi compañero:

—Me he hecho como Dios. Pues los sabios de nuestro país dicen que ver todas las cosas, o como dicen ellos, la *omnividencia*, es un atributo exclusivo de Dios.

Había un leve tono de burla en la voz de mi maestro cuando me contestó:

—¿De veras? Entonces hasta los carteristas y asesinos de mi país merecen que les rindan culto como a dioses vuestros sabios, pues no hay ni uno solo de ellos que no vea tanto como veis vos ahora. Pero confiad en mí, vuestros sabios están equivocados.

Yo. ¿La omnividencia es, pues, atributo de otros además de Dios?

Esfera. No sé. Pero si un carterista o un asesino de nuestro país puede ver todo lo que hay en el vuestro, es indiscutible que no hay ninguna razón por la que un carterista o un asesino no deba ser aceptado por vosotros como un dios. Esta omnividencia, como vos la llamáis (no es una palabra corriente en Espaciolandia), ¿os hace más justo, más compasivo, menos egoísta, más afectuoso? En absoluto.

Entonces, ¿cómo os hace más divino?

Yo. «¡Más compasivos más afectuoso!» ¡Pero eso son cualidades de mujeres! Y nosotros sabemos que un círculo es un ser más elevado que una línea recta, en la medida en que el conocimiento y la sabiduría son más dignos de estima que el mero afecto.

Esfera. No me corresponde a mí clasificar las facultades humanas de acuerdo con el mérito. Pero muchos de los mejores y más sabios de Espaciolandia otorgan mayor consideración a los afectos que a la inteligencia, a vuestras despreciadas líneas rectas que a vuestros ensalzados círculos. Pero dejemos eso. Mirad allá. ¿Conocéis ese edificio?

Miré y vi a lo lejos un edificio poligonal inmenso, en el que reconocí la sede de la Asamblea General de los Estados de Planilandia, rodeado por densas hileras de edificios pentagonales formando ángulos rectos entre sí, que me di cuenta de que eran calles; y comprendí que estaba acercándome a la gran Metrópolis.

—Descendemos aquí —dijo mi guía. Era ya por la mañana, la primera hora del primer día del año dos mil de nuestra era. Actuando como tenían por costumbre, rigurosamente de acuerdo con los precedentes, los círculos más elevados del reino estaban reunidos en cónclave solemne, lo mismo que se habían reunido en la primera hora del primer día del año 1000, y también en la primera hora del primer día del año 0.

En aquel momento estaba leyendo las actas de las reuniones anteriores uno al que reconocí inmediatamente como mi hermano, que era un cuadrado perfectamente simétrico y jefe administrativo del consejo supremo. En ambas ocasiones se había consignado que: «Considerando que nuestros estados se habían visto perturbados por diversas personas malintencionadas que pretendían haber recibido revelaciones de otro mundo, y aseguraban realizar demostraciones con las que habían arrastrado al frenesí a otros y a sí mismos, el gran consejo había resuelto por unanimidad que el primer día de cada milenio se enviasen órdenes a los prefectos de los diversos distritos de Planilandia de efectuar una búsqueda rigurosa de esas personas insensatas y, sin la formalidad del examen matemático, destruirlas a todas cuando fuesen isósceles, cualquiera que fuese su grado, azotarlas y encarcelarlas, en el caso de los triángulos regulares, ordenar en el de los cuadrados y pentágonos que se las enviara al manicomio del distrito y detener a cualquiera que fuera de rango superior, enviándole directamente a la capital para que el consejo le examinara y le juzgara.

—Ya conocéis vuestro destino —me dijo la esfera, mientras el consejo se disponía a aprobar por tercera vez la resolución oficial—. Al apóstol del evangelio de la tercera dimensión le aguarda la muerte o la cárcel.

—Nada de eso —contesté—, el asunto está ahora tan claro para mí, la naturaleza del espacio real es tan palpable, que creo que podría hacérselo entender a un niño. Permitidme que descienda ahora mismo y les ilumine.

—Aún no —dijo mi guía—, ya llegará el momento de eso. Mientras tanto, debo cumplir mi misión. Quedaos donde estáis. Y, con estas palabras, saltó con gran destreza al mar (si puedo llamarlo así) de Planilandia, en medio mismo del círculo de consejeros.

—Vengo a proclamar —gritó— que hay un país de tres dimensiones.

Vi que muchos de los consejeros más jóvenes retrocedían con manifiesto horror, cuando la sección circular de la esfera se ensanchaba ante ellos. Pero, a una señal del círculo que presidía (que no mostró la más leve alarma o sorpresa), seis isósceles de tipo inferior se abalanzaron desde seis partes distintas sobre la esfera.

—¡Le tenemos! —gritaron—. No; sí. ¡Aún le tenemos! ¡Se va! ¡Se va!

—Señores míos —dijo el presidente de los jóvenes círculos del consejo—, no hay razón alguna para sorprenderse; los archivos secretos, a los que sólo yo tengo acceso, me dicen que en los dos últimos comienzos de milenio sucedió un hecho similar. No deben decir nada de estas nimiedades, claro está, fuera del gabinete.

Luego, elevando la voz, llamó a los guardias.

—Detengan a los policías; amordácenlos. Ya saben cuál es su deber.

Después que hubo encomendado a su destino a los desdichados policías (involuntarios y malaventurados testigos de un secreto de estado que no les estaba permitido revelar), se dirigió de nuevo a los consejeros.

—Señores míos, concluida la tarea del consejo, no me resta ya sino desearles un feliz año nuevo.

Antes de irse, comunicó, extendiéndose un tanto, al jefe administrativo, mi excelente pero desafortunadísimo hermano, que lamentaba sinceramente que, de acuerdo con los precedentes y en salvaguardia del secreto, tuviese que condenarle a prisión perpetua, pero añadió con satisfacción que, salvo que hiciese alguna mención del incidente de aquel día, se le respetaría la vida.

19. Cómo, aunque la esfera me mostró otros misterios de Espaciolandia, aún deseé conocer más; y lo que resultó de ello

CUANDO VI QUE se llevaban a la prisión a mi pobre hermano, intenté bajar de un salto a la cámara del consejo, deseoso de interceder en favor suyo, o al menos decirle adiós. Pero descubrí que no tenía movimiento propio. Dependía absolutamente de la voluntad de mi guía, que dijo con tonos sombríos:

—No os preocupéis por vuestro hermano; tal vez tengáis tiempo sobrado después de expresarle vuestras condolencias. Seguidme.

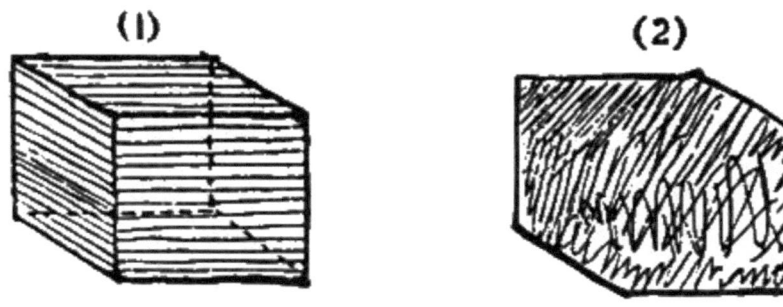

Ascendimos al espacio una vez más.

—Hasta ahora—dijo la esfera —, no os he mostrado más que figuras planas y su interior. Ahora debo presentaros a los sólidos y revelaros el plan de acuerdo con el cual están construidos. Contemplad esta multitud de tarjetas cuadradas móviles. Mirad, pongo una encima de otra, no como vos dais por supuesto al norte de la otra, sino sobre la otra. Ahora una segunda, ahora una tercera. Ved, estoy construyendo un sólido con una multitud de cuadrados paralelos entre sí. Ahora el sólido está completo, es tan alto como largo y ancho y nosotros le llamamos un cubo.

—Perdonadme, mi señor —repliqué—, pero para mi ojo la apariencia es como la de una figura irregular cuyo interior se halla expuesto a la vista; en otras palabras, yo creo que veo no un sólido sino un plano tal como nosotros deducimos en Planilandia; sólo que de una irregularidad que corresponde a un monstruoso delincuente, de manera que su simple visión resulta dolorosa a mis ojos.

—Cierto —dijo la esfera—, a vos os parece un plano, porque no estáis habituado a la luz y la sombra y la perspectiva; lo mismo que en Planilandia un hexágono parecería una línea recta a alguien que no dominase el arte de la identificación visual. Pero en realidad es un sólido, como podréis apreciar por el sentido del tacto.

Entonces me presentó al cubo y resultó que aquel ser maravilloso no era realmente ningún plano, sino un sólido; y que estaba dotado de seis lados planos y ocho puntos terminales llamados ángulos sólidos; y recordé lo que había dicho la esfera de que precisamente aquella criatura estaba formada por un cuadrado que se desplazaba en el espacio paralelo a sí mismo, y me alegró pensar que una criatura tan insignificante como yo pudiese considerarse en cierto modo el progenitor de tan ilustre vástago.

Pero seguía sin poder entender aún del todo el significado de lo que me había dicho mi maestro sobre «luz» y «sombra» y «perspectiva»; y no dudé en plantearle mis problemas.

Si expusiese la respuesta que la esfera dio a estas cuestiones, a pesar de que fue sucinta y clara, resultaría tediosa para un habitante de Espaciolandia, que ya sabe esas cosas. Baste decir que, gracias a sus lúcidas aclaraciones y cambiando la posición de objetos y luces, y permitiéndome tocar los diversos objetos e incluso su propia persona sagrada, me aclaró al fin todas las cosas, de manera que pude ya diferenciar fácilmente entre un círculo y una esfera, una figura plana y un sólido.

Esto fue el clímax, el paraíso, de mi extraña y decisiva historia. Después de eso he de hacer el relato de mi desdichada caída... ¡desdichadísima, pero inmerecidísima sin duda! Pues ¿qué sentido tiene avivar la sed de conocimiento sólo para verse luego decepcionado y castigado? Mi voluntad retrocede ante la dolorosa tarea de recordar mi humillación; pero soportaré, como un segundo Prometeo, esto y más, si puedo despertar de algún modo en el interior de la humanidad plana y sólida un espíritu de rebelión contra la opinión que desearía limitar nuestras dimensiones a dos o tres o cualquier otro número que no sea infinito. ¡Prescindamos, pues, de todas las consideraciones personales! Dejadme continuar hasta el fin como comencé, sin más digresiones ni anticipaciones, siguiendo el camino llano de la historia desapasionada.

Se reseñarán los hechos exactos, las palabras exactas (y están grabadas a fuego en mi cerebro), sin modificarlos ni un ápice; y que mis lectores juzguen entre el destino y yo.

La esfera habría continuado de buena gana sus lecciones adoctrinándome en la configuración de todos los sólidos regulares, cilindros, conos, pirámides, pentaedros, hexaedros, dodecaedros y esferas; pero me aventuré a interrumpirle. No porque es — tuviese cansado de aprender. Todo lo contrario, estaba sediento de beber más y más tragos de lo que él me ofrecía.

—Perdonadme —dije—, oh vos a quien no debo ya dirigirme como la perfección de toda belleza; pero permitidme que os ruegue que otorguéis a vuestro esclavo una visión de vuestro interior.

Esfera. ¿Mi qué?

Yo. Vuestro interior: vuestro estómago, vuestros intestinos. *Esfera.* ¿A qué viene esa petición impertinente e intempestiva? ¿Y qué queréis decir con lo de que no soy ya la perfección de toda belleza?

Yo. Mi señor, vuestra propia sabiduría me ha enseñado a aspirar a Uno más grande aún, más bello, y que se acerca más a la perfección que vos mismo. En cuanto a vos mismo, superior a todas las formas de Planilandia, aunáis muchos círculos en uno, por lo que hay sin duda uno por encima de vos que une muchas esferas en una existencia suprema, que sobrepasa incluso a los sólidos de Espaciolandia. Y lo mismo que nosotros, que estamos ahora en el espacio, miramos abajo a Planilandia y vemos las entrañas de todas las cosas, así también es indudable que hay por encima de nosotros una región más alta y más pura, a la que os proponéis sin duda conducirme, ¡oh vos a quien siempre llamar, en todas partes y en todas dimensiones, mi sacerdote, filósofo y amigo!, algún espacio aún más espacioso, alguna dimensionalidad aún más dimensionable, desde cuya ventajosa perspectiva miraremos juntos hacia abajo y contemplaremos las entrañas expuestas de las cosas sólidas, y donde vuestros propios intestinos y los de las esferas con las que estáis emparentado yacerán visibles para un pobre desterrado itinerante de Planilandia, al que tanto le ha sido ya otorgado.

Esfera. ¡Puf! ¡Qué tontería! ¡Dejemos esa insensatez! ¡Hay poco tiempo y queda mucho por hacer hasta que estéis en condiciones de proclamar el evangelio de las tres dimensiones a vuestros ciegos e ignorantes compatriotas de Planilandia!

Yo. No, gentil maestros no me neguéis lo que tenéis poder para hacer. Otorgadme aunque sólo sea un atisbo de vuestro interior y quedaré eternamente satisfecho, seré ya vuestro dócil alumno, vuestro esclavo inemancipable, dispuesto a recibir todas vuestras enseñanzas y a nutrirme de las palabras que caigan de vuestros labios.

Esfera. Bueno, entonces, para satisfaceros y silenciaros, dejadme que os diga sin circunloquios que os mostraría lo que deseáis si pudiese; pero no puedo. ¿Acaso queréis que le dé vuelta al estómago y lo ponga del revés por complaceros?

Yo. Pero vos, señor, me habéis mostrado los intestinos de todos mis compatriotas en el país de las do s dimensiones al llevarme con vos al país de tres.

¿Qué problema hay, pues, para que llevéis ahora a vuestro servidor en un segundo viaje a la región bendita de la cuarta dimensión, donde miraré hacia abajo con vos una vez más al país de las tres dimensiones y veré el interior de todas las casas tridimensionales, los secretos de la tierra sólida, los tesoros de las minas de Espaciolandia y los intestinos de todas las criaturas sólidas, incluso de las adorables y nobles esferas?

Esfera. ¿Pero dónde está el país de las cuatro dimensiones? Yo. Yo no lo sé; pero mi maestro sin duda lo sabe.

Esfera. No. No existe tal país. La idea misma de él es completamente inconcebible.

Yo. No inconcebible para mí, mi señor, y por tanto aún menos inconcebible para mi maestro. No, no pierdo la esperanza de que también aquí, en esta región de tres dimensiones, vuestro arte, señoría, pueda hacer visible para mí la cuarta dimensión; lo mismo que en el país de las dos dimensiones vos, maestro mío, abristeis de buen grado con vuestra habilidad los ojos de su ciego servidor a la presencia invisible de una tercera dimensión, que yo no veía.

«Permitidme recordar el pasado. ¿No se me enseñó abajo que cuando veía una línea y deducía un plano, veía en realidad una tercera dimensión no identificada, no la misma como brillo, llamada "altura"? ¿Y no se sigue de ello ahora que, en esta región, cuando veo un plano y deduzco un sólido, veo en realidad una cuarta dimensión no identificada, no la misma como color, sino existente, aunque infinitesimal e imposible de medir?

»Y además, está el argumento de la analogía de las figuras.»

Esfera. ¡Analogía! Tonterías. ¿Qué analogía?

Yo. Vuestra señoría está poniendo a prueba a su servidor para ver si recuerda las revelaciones que le impartió. No os burléis de mí, mi señor; tengo ansia, sed de más conocimiento. Es indudable que no podemos *ver* esa otra Espaciolandia más elevada porque no tenemos en nuestros estómagos ningún ojo. Pero, lo mismo que *había* un reino de Planilandia, aunque aquel pobre y patético monarca de Linealandia no podía volverse a la derecha ni a la izquierda para apreciarlo, y lo mismo que *había* al alcance de la mano y rozando mi estructura un país de tres dimensiones, aunque yo, desdichado ciego insensato, no tuviese capacidad para tocarlos ni ojo en mi interior para percibirlo, es también indudable que hay una cuarta dimensión, que mi señor percibe con el ojo interior del pensamiento. Y que debe existir es algo que vos mismo, señor, me habéis enseñado. ¿O es posible que hayáis olvidado lo que vos mismo impartisteis a vuestro siervo?

«¿Acaso no producía un punto en movimiento una línea con *dos* puntos terminales en una dimensión?

»¿Y no producía una línea en movimiento un cuadrado con *cuatro* puntos terminales en dos dimensiones?

»¿Y no producía un cuadrado en movimiento (no lo contempló este ojo mío) ese bendito ser, un cubo, con *ocho* puntos terminales en tres dimensiones?

»¿Y no producirá un cubo en movimiento (qué sería de la analogía y del progreso de la verdad si no fuese así), no producirá, digo, el movimiento de un cubo divino una organización aún más divina con *dieciséis* puntos terminales?

»Observad la infalible confirmación de la serie, 2, 4, 8, 16: ¿no es esto una progresión geométrica? ¿No está esto, si se me permite citar las palabras de mi maestro, "estrictamente de acuerdo con la analogía"?

»Además, ¿no me enseñasteis, señor, que lo mismo que en la línea hay dos puntos delimitadores y en un cuadrado hay cuatro líneas delimitadoras, también en un cubo ha de haber seis cuadrados delimitadores? Ved una vez más la serie confirmadora, 2, 4, 6: ¿no es esto una progresión aritmética? Y en consecuencia, ¿no se sigue necesariamente de ello que el vástago aún más divino del divino cubo debe tener en el país de las cuatro dimensiones 8 cubos delimitadores? ¿Y no está esto también, como vos, mi señor, me habéis enseñado a creer, "rigurosamente de acuerdo con la analogía"?

»Oh, mi señor, mi señor, ved, me entrego con fe a la conjetura, sin conocer los hechos; y apelo a vuestra señoría para que rectifiquéis o neguéis mis previsiones lógicas. Si estoy en un error, rectifico, no pediré más una cuarta dimensión; pero, si estoy en lo cierto, mi señor atenderá a razones.

»Pregunto, por tanto, ¿es o no es un hecho que antes de ahora vuestros compatriotas han presenciado también el descenso de seres de un orden superior al suyo, que entraron en habitaciones cerradas, lo mismo que vuestra señoría en la mía, sin necesidad de abrir puertas ni ventanas, apareciendo y desapareciendo a voluntad? Para mí es decisiva la respuesta a esta pregunta, a ella lo fío todo. Negadlo y guardaré silencio a partir de entonces. Os pido sólo una respuesta.

Esfera (tras una pausa). Se dice eso. Pero hay división de opiniones entre los hombres en cuanto a los hechos. E incluso aceptando los hechos, los explican de formas distintas. Y, en cualquier caso, por muy grande que pueda ser el número de explicaciones diferentes, nadie ha adoptado o propuesto la teoría de una cuarta dimensión. Por tanto, os ruego que prescindáis de esta nimiedad, y que volvamos a nuestro asunto.

Yo. Yo estaba seguro de ello. Estaba seguro de que mis previsiones se cumplirían. Y ahora sed paciente conmigo y respondedme a otra pregunta más, ¡oh el mejor de los maestros! Esos que ha n aparecido de ese modo (venidos nadie sabe de dónde) y han regresado (nadie sabe adónde) ¿han contraído también ellos sus secciones y se han esfumado de algún modo en ese espacio más espacioso, a donde yo pretendo ahora que me conduzcáis?

Esfera (malhumoradamente). Se han esfumado, ciertamente... si es que aparecieron alguna vez. Pero la mayoría de la gente dice que esos visitantes surgieron del pensamiento... (no me entenderéis)..., del cerebro; de la angularidad perturbada del vidente.

Yo. ¿Eso dicen? Oh, no les creo. O si en realidad fuese así, que ese otro espacio fuese Pensamientolandia, llevadme entonces a esa bendita región donde pueda ver con el pensamiento las entrañas de todas las cosas sólidas. Allí, ante mi ojo deslumbrado, un cubo, moviéndose en una dirección completamente nueva, pero rigurosamente de acuerdo con la analogía, de manera que haga que cada partícula de su interior pase a través de un nuevo género de espacio, con una estela propia, creará una perfección aún más perfecta que él mismo, con dieciséis ángulos extrasólidos terminales, y ocho cubos sólidos por perímetro. Y una vez allí, ¿interrumpiremos nuestra trayectoria hacia arriba? En esa bendita región de cuatro dimensiones, ¿nos detendremos en el umbral de la quinta y no entraremos en ella? ¡Ah, no! Decidamos más bien que nuestra ambición se remonte con nuestra ascensión corporal. Luego, cediendo a nuestra arremetida intelectual, se abrirán las puertas de la sexta dimensión; después las de una séptima y luego las de la octava...

No sé cuánto habría continuado... En vano reiteró la esfera, con su voz de trueno, su orden de silencio y me amenazó con los castigos más severos si continuaba. Nada podía detener la marea de mis arrebatadas aspiraciones. Quizás tuviese yo la culpa; pero el hecho es que estaba embriagado por los recientes tragos de verdad que él mismo me había proporcionado. Pero el final no tardó en llegar. Interrumpió mis palabras un ruido que sonó fuera y un ruido simultáneo dentro de mí, que me impelió a través del espacio con una velocidad que impedía hablar. ¡Abajo!

¡Abajo! ¡Abajo! Estaba descendiendo rápidamente y sabía que el regreso a Planilandia era mi condenación. Se presentó ante mi vista un atisbo, un último atisbo inolvidable de aquel páramo plano e insulso que iba ya a convertirse otra vez en mi universo.

Luego hubo una obscuridad. Después un último trueno final de que todo se había consumado; y, cuando volví en mí, era de nuevo un cuadrado vulgar y miserable, en el estudio de mi casa, que oía el grito de paz de mi esposa que se aproximaba.

20. Cómo me alentó la esfera en una visión

AUNQUE TENÍA MENOS de un minuto para reflexionar, pensé —fue una cosa instintiva—, que no debía revelarle a mi esposa la experiencia que había tenido. No es que captase, en el momento, ningún peligro de que divulgase mi secreto, pero sabía que para cualquier mujer de Planilandia la narración de mis aventuras tenía que resultar inevitablemente ininteligible. Así que me pro puse tranquilizarla con alguna historia inventada para la ocasión, que me había caído por la trampilla del sótano, por ejemplo, y había perdido el conocimiento.

La atracción hacia el sur es tan leve en nuestro país que mi relato parecía inevitablemente fuera de lo normal y hasta increíble incluso tratándose de una mujer; pero mi esposa, cuyo buen sentido excede con mucho al de la media de su sexo, y que se dio cuenta de que yo estaba excepcionalmente nervioso, no discutió conmigo sobre el tema; insistió, sin embargo, en que estaba enfermo y necesitaba reposo. Me alegró tener una excusa para retirarme a mi aposento a pensar tranquilamente sobre lo que me había sucedido. Cuando estuve solo al fin, cayó sobre mí una sensación de sopor; pero antes de que mis ojos se cerraran me esforcé por reproducir la tercera dimensión, y especialmente el proceso por el que se construye un cubo por medio del movimiento de un cuadrado. No estaba tan claro como yo habría querido, pero recordé que debía ser «hacia arriba, pero no hacia el norte» y decidí resueltamente retener esas palabras como la clave que, si me atenía con firmeza a ella, me guiaría necesariamente hasta la solución. Así que, repitiendo mecánicamente, como un ensalmo, las palabras «hacia arriba, pero no hacia el norte», me sumergí en un sueño firme y reparador.

Durante mi adormilamiento tuve un sueño. Creí estar una vez más al lado de la esfera, cuyo brillo lustroso indicaba que había trocado su cólera contra mí por una benignidad perfecta. Nos desplazábamos juntos hacia un punto brillante pero infinitesimalmente pequeño, hacia el que mi maestro dirigía mi atención. Cuando nos acercábamos, me pareció que salía de él un leve ruido tatareante, como de una de vuestras moscas azules de Espaciolandia, sólo que mucho menos intenso, tan leve en realidad que incluso en el absoluto silencio del vacío por el que nos remontábamos, el sonido llegaba a nuestros oídos hasta que detuvimos nuestro vuelo a una distancia de él de algo menos de veinte diagonales humanas.

—Mirad —dijo mi guía—, habéis vivido en Planilandia; habéis recibido una visión de Linealandia; os habéis remontado conmigo hasta las alturas de Espaciolandia; ahora, con la finalidad de que completéis el ámbito de vuestra experiencia, os conduzco hacia abajo, hasta las profundidades más hondas de la existencia, hasta el reino de Puntolandia, el abismo de donde no hay dimensiones.

«Contemplad esa mísera criatura. Ese punto es un ser como nosotros, pero encerrado en el abismo no dimensional. Él mismo es su propio mundo, su propio universo; no puede formarse ninguna concepción de nadie más que de sí mismo; no conoce la longitud ni la anchura ni la altura, porque no ha tenido ninguna experiencia de ellas; no tiene conocimiento alguno ni siquiera del número dos; ninguna idea de pluralidad; pues él mismo es su uno y su todo, siendo en realidad nada. Pero apreciad su absoluta autocomplacencia, y aprended de ello esta lección, que estar satisfecho de sí mismo es ser ruin e ignorante, y que aspirar es mejor que ser ciega e impotentemente feliz. Ahora escuchad.»

Dejó de hablar; y se elevó de la pequeña criatura zumbante un tintineo minúsculo, leve, monótono pero claro, como de uno de vuestros fonógrafos de Espaciolandia, del que capté estas palabras:

—¡Infinita beatitud de la existencia! Ello es y sólo ello es.

—¿Qué quiere decir —dije yo— esa raquítica criatura con «ello»?

—Se refiere a sí mismo —dijo la esfera—: ¿no os habéis fijado alguna vez en que los niños pequeños y la gente infantil que no es capaz de diferenciarse del mundo hablan de sí mismos en tercera persona? ¡Pero oigamos!

—Ello llena todo el espacio —continuó la pequeña criatura en su soliloquio—, y lo que llena, eso es. Lo que piensa, eso dice; y lo que dice, eso oye; él mismo es pensador, hablante, oyente, pensamiento, palabra, audición; es el uno y sin embargo el todo en todo. ¡Ah, la felicidad; ah, la felicidad de ser!

—¿No podéis sacar a esa cosilla de su autocomplacencia? —dije yo—. Decidle lo que es en realidad, como me lo dijisteis a mí; reveladle los estrechos límites de Puntolandia y guiadle hacia algo más elevado.

—Eso no es tarea fácil —dijo mi maestro—; intentadlo vos. Entonces, elevando la voz al máximo, me dirigí al punto del modo siguiente:

—Silencio, silencio, despreciable criatura. Os llamáis vos mismo el todo en todo, pero sois la nada; vuestro supuesto universo es una mera mota en una línea, y una línea es una mera sombra comparada con...

—Basta, callaos, ya habéis dicho suficiente—me interrumpió la esfera—, ahora escuchad y observad el efecto de vuestra arenga sobre el rey de Puntolandia.

El lustre del monarca, que relumbró con más brillo que nunca al oír mis palabras, mostraba claramente que su complacencia consigo mismo se mantenía; y apenas había acabado de hablar yo cuando volvió él a su discurso:

—¡Ah, el gozo, ah, el gozo del pensamiento! ¡Qué no podrá lograr ello pensando!¡ Su propio pensamiento llegando a sí mismo, indicando su menosprecio, para estimular así su felicidad! ¡Dulce rebelión estimulada hasta acabar en triunfo!

¡Ah, el divino poder creador del todo en uno! ¡Ah, el gozo, el gozo de ser!

—Veis —dijo mi maestro—, de qué poco han servido vuestras palabras. En la medida en que el monarca las llega a entender, las acepta como propias, ya que no puede concebir a nadie más que a sí mismo, y se vanagloria de la variedad de «su pensamiento» como un ejemplo de poder creador. Dejemos a este dios de Puntolandia entregado a la fruición ignorante de su omnipresencia y su omnisciencia: nada que vos o yo podamos hacer puede sacarle de su autosatisfacción consigo mismo.

Tras esto, mientras regresábamos flotando a Planilandia, pude oír la voz suave de mi compañero indicando la moraleja de mi visión y estimulándome a aspirar a más y a enseñar a otros a aspirar a más. Él al principio se había enfurecido, confesó, por mi ambición de remontarme hasta dimensiones superiores a la tercera; pero, desde entonces, había llegado a nuevas conclusiones, y no era tan orgulloso como para no reconocer su error ante un discípulo. Y pasó a continuación a iniciarme en misterios aún más elevados que aquellos de los que ya había sido testigo, mostrándome cómo construir extrasólidos por el movimiento de sólidos y dobles extrasólidos por el movimiento de extrasólidos, y todo ello «estrictamente de acuerdo con la analogía», todo por métodos tan simples, tan fáciles, como para resultar evidentes hasta para el sexo femenino.

21. Cómo intenté enseñar la teoría de las tres dimensiones a mi nieto y con qué éxito

DESPERTÉ MUY CONTENTO y me puse a reflexionar sobre la gloriosa carrera que tenía ante mí. Saldría inmediatamente, pensé, a evangelizar a toda Planilandia. Hasta a las mujeres y a los soldados se debía transmitir el evangelio de las tres dimensiones. Empezaría por mi esposa.

Precisamente cuando había decidido ese plan de operaciones, oí el rumor de muchas voces en la calle ordenando silencio. Luego siguió una voz sonora. Era una proclama del pregonero. Escuché atentamente y reconocí las palabras de la resolución del consejo, anunciando la detención, encarcelamiento o ejecución de cualquiera que corrompiese mentalmente a las gentes con engaños y diciendo haber tenido revelaciones de otro mundo.

Reflexioné. No era un peligro que se pudiese desdeñar. Sería mejor evitarlo omitiendo toda mención de mi revelación y siguiendo el camino de la demostración (que parecía, en realidad, tan simple y tan concluyente que nada se perdería desechando los medios anteriores). «Hacia arriba, no hacia el norte», eso era la clave de toda la prueba.

Me había parecido bastante claro antes de quedarme dormido; y cuando desperté, recién salido del sueño, había parecido tan evidente como la aritmética; pero, no sé por qué, no parecía tan obvio ya. Aunque mi esposa entró en la habitación oportunamente en aquel momento preciso, decidí, después de que hubiésemos cruzado unas cuantas palabras de conversación intrascendente, no empezar con ella.

Mis hijos pentagonales eran hombres de carácter y de posición, y médicos de no pequeña fama, pero eran poca cosa en matemáticas y, debido a ello, inadecuados para mi propósito. Pero se me ocurrió que un joven y dócil hexágono, con afición a las matemáticas, sería el alumno más adecuado. ¿Por qué no hacer, pues, mi primer experimento con mi precoz nietecito, cuyos comentarios casuales sobre el significado de 9' habían contado con la aprobación de la esfera? Analizando el asunto con él, un simple muchacho, no correría peligro alguno; ya que él no sabía nada de la proclamación del consejo; mientras que no podía estar seguro de que mis hijos (tanto predominaban en ellos el patriotismo y el respeto a los círculos sobre el mero afecto ciego) pudieran sentirse impulsados a entregarme al prefecto, si veían que sostenía en serio la herejía sediciosa de la tercera dimensión.

Pero lo primero que tenía que hacer era satisfacer de algún modo la curiosidad de mi esposa, que pretendía, como es natural, saber algo de las razones por las que el círculo había deseado aquella entrevista misteriosa y sobre los medios por los que había penetrado en la casa. Debo contentarme con decir, sin entrar en los detalles de la compleja explicación que le di (una explicación tan fiel a la verdad, me temo, como podrían desear mis lectores de

Espaciolandia), que conseguí finalmente convencerla para que volviese tranquilamente a sus deberes domésticos sin extraer de mí ninguna alusión al mundo de las tres dimensiones. Hecho esto, envié inmediatamente a por mi nieto; pues, a decir verdad, pensaba que todo lo que había visto y oído estaba escurriéndose de mí de un modo extraño, como la imagen de un sueño torturante captado a medias, y anhelaba poner a prueba mi habilidad para hacer un primer discípulo.

Cuando mi nieto entró en la habitación cerré la puerta cuidadosamente. Luego me senté a su lado, cogí nuestros cuadernos matemáticos (o líneas, como les llamaríais vosotros) y le dije que reanudaríamos la lección del día anterior. Le enseñé una vez más cómo un punto moviéndose en una dimensión produce una línea, y cómo una línea recta moviéndose en dos dimensiones produce un cuadrado. Después de esto, forzando una risa, dije:

—Y luego tú, granujilla, querías hacerme creer que un cuadrado moviéndose «hacia arriba, no hacia el norte» produce otra figura, una especie de extracuadrado en tres dimensiones. Di eso otra vez, bribonzuelo.

En ese momento oímos una vez más el «¡Oh sí! ¡Oh sí!» del heraldo que pregonaba fuera en la calle la resolución del consejo. Aunque era joven, mi nieto (excepcionalmente inteligente para su edad y educado en la reverencia absoluta hacia la autoridad de los círculos) captó la situación con una agudeza para la que yo no estaba en absoluto preparado. Permaneció callado hasta que se desvanecieron las últimas palabras de la proclama y luego rompió a llorar:

—Abuelo querido —dijo—, lo hice sólo jugando y por supuesto no quería decir nada en absoluto con ello; y no sabíamos nada entonces sobre la nueva ley, y no creo que dijese nada sobre la tercera dimensión; y estoy seguro de que no dije una palabra sobre «arribas no al norte», pues eso habría sido un disparate, ¿comprendes? ¿Cómo iba a poder moverse una cosa hacia arriba y no hacia el norte? ¡Hacia arriba y no hacia el norte! Aunque fuese un niño pequeño no podría decir un disparate como ese. ¡Qué tontería! ¡Ja! ¡ja! ¡ja!

—No es ninguna tontería —dije yo, perdiendo el control—; aquí tengo, por ejemplo, este cuadrado...

Y cogí un cuadrado movible, allí a mano.

—... y lo muevo, mira, no hacia el norte sino... sí, lo muevo hacia arriba... es decir, no hacia el norte, sino que lo muevo hacia algún sitio... no exactamente así, pero de algún modo...

Puse fin aquí a mi frase estúpidamente, moviendo el cuadrado de un modo que no tenía sentido, para gran diversión de mi nieto, que rompió a reír más sonoramente que nunca y proclamó que yo no estaba enseñándole sino bromeando con él; y tras decir eso, abrió la puerta y salió corriendo de la habitación. Así terminó mi primera tentativa de convertir a un discípulo al evangelio de las tres dimensiones.

22. Cómo intenté luego difundir la teoría de las tres dimensiones por otros medios y del resultado

MI FRACASO CON mi nieto no me estimuló a comunicar mi secreto al resto de los habitantes de mi casa; pero tampoco me llevó a desesperar de mis posibilidades de éxito. Comprendí sólo que no debía confiar totalmente en la fórmula «hacia arriba, no hacia el norte», sino que debía más bien dar con una demostración presentando al público una visión clara de todo el asunto; y para este propósito parecía necesario recurrir a escribir.

Así que dediqué varios meses en la intimidad a la composición de un tratado sobre los misterios de las tres dimensiones. Sólo que, con vistas a eludir la ley, si era posible, no hablé de una dimensión física, sino de una Pensamientolandia desde la que una figura podía, en teoría, bajar la vista hacia Planilandia y ver simultáneamente el interior de todas las cosas, y donde era factible que se pudiese suponer que existía una figura entorneada, como si dijéramos, por seis cuadrados, y que contenía ocho puntos terminales. Pero al escribir ese libro me vi tristemente obstaculizado por la imposibilidad de hacer los diagramas que eran necesarios para mi propósito; pues, por supuesto, en nuestro país de Planilandia, no hay cuadernos sino líneas, y no hay diagramas sino líneas, todo en una línea recta y sólo distinguible por diferencia de tamaño y brillantez; así que, una vez que hube acabado mi tratado (que titulé *A través de Planilandia hasta Pensamientolandia*) no pude sentirme seguro de que fueran muchos los que pudieran entender lo que quería decir.

Mientras, sobre mi vida pesaba una nube. Me aburrían todos los placeres; las vistas me torturaban todas y me tentaban a gritar traición, porque no podía comparar lo que veía en dos dimensiones con lo que era en realidad si lo veía en tres, y a duras penas podía contenerme para no formular en voz alta mis comparaciones. Desdeñé a mis clientes y mi propio negocio para entregarme a la contemplación de los misterios que había contemplado una vez, pero que no podía impartir a nadie, y que me resultaba cada día más difícil reproducir incluso ante mi propia visión mental.

Un día, unos once meses después de mi regreso de Espaciolandia, intenté ver un cubo con el ojo cerrado, pero fracasé; y aunque lo conseguí después, no estaba entonces completamente seguro (ni lo he estado nunca después) de que hubiese logrado producir realmente el original. Esto acentuó más aún mi melancolía y decidí dar algún paso; pero no sabía cuál. Pensaba que estaría dispuesto a sacrificar mi vida por la causa, si pudiese haber generado así convicción. Pero si no podía convencer a mi nieto, ¿cómo podía convencer a los círculos más elevados y desarrollados del país?

Y, sin embargo, había veces que mi espíritu era demasiado fuerte para mí y di rienda suelta a declaraciones peligrosas. Ya se me consideraba heterodoxo, si es que no sospechoso de traición, y tenía clara conciencia de lo peligroso de mi posición; pero había veces que no podía evitar decir cosas sospechosas o semisediciosas, incluso entre la más alta sociedad poligonal y circular. Cuando surgía, por ejemplo, el asunto del tratamiento que se aplicaba a aquellos lunáticos que decían que habían recibido el poder de ver el interior de las cosas, yo citaba el adagio de un antiguo círculo, que proclamó que los profetas y las personas inspiradas siempre son considerados locos por la mayoría; y no podía evitar de vez en cuando dejar caer frases como «el ojo que discierne el interior de las cosas» y «el país omnividente»; en una o dos ocasiones dejé caer incluso los términos prohibidos «la tercera y la cuarta dimensión». Por último, para completar una serie de indiscreciones menores, en una reunión de nuestra Asociación especulativa local celebrada en el palacio del propio prefecto, después de que una persona extremadamente estúpida leyera un artículo en el que exponía las razones precisas por las que la pro videncia ha limitado el número de dimensiones a dos, y por qué el atributo de omnividencia se asigna sólo al Supremo, me dejé llevar hasta tal punto que hice una relación exacta de todo mi viaje con la esfera por el espacio y hasta la sede de la asamblea de nuestra Metrópolis y luego de nuevo hasta el espacio, y mi regreso a casa y de todo lo que había visto y oído en la realidad o en visión. Fingí al principio, bien es verdad, que estaba describiendo las experiencias imaginarias de un personaje de ficción; pero mi entusiasmo no tardó en impulsarme a abandonar todo disfraz y, finalmente, en una ardorosa perorata, exhorté a todos mis oyentes a librarse de prejuicios y convertirse en creyentes de la tercera dimensión.

¿Hace falta que diga que fui detenido inmediatamente y conducido ante el consejo?

A la mañana siguiente, emplazado en el mismo lugar donde muy pocos meses antes había estado a mi lado la esfera, se me permitió iniciar y continuar mi narración sin preguntas ni interrupciones. Pero me di cuenta desde el principio de cuál iba a ser mi destino; pues el presidente, viendo que estaba presente una guardia de la mejor clase de policías, de angularidad levemente inferior, si es que algo, a los 55°, ordenó que fuesen substituidos, antes de que se iniciase mi defensa, por una clase inferior de 2° o 3°. Yo sabía muy bien lo que significaba eso. Iba a ser ejecutado o encarcelado, y mi historia había de mantenerse secreta para el mundo mediante la simultánea destrucción de los funcionarios que la hubiesen oído; y, siendo así, el presidente quería substituir las víctimas más caras por las más baratas.

Después de que hubo concluido mi defensa, el presidente, dándose cuenta quizás de que algunos de los círculos más jóvenes estaban conmovidos por mi evidente sinceridad, me hizo dos preguntas:

1. Si podía indicar la dirección a la que me refería cuando utilizaba las palabras «hacia arriba, no hacia el norte».

2. Si podía mediante diagramas o descripciones (que no fuesen la simple enumeración de lados y ángulos

imaginarios) indicar la figura que me complacía en llamar un cubo.

Declaré que no podía decir nada más, y que debía ser fiel a la verdad, cuya causa acabaría prevaleciendo sin lugar a dudas.

El presidente contestó que estaba completamente de acuerdo con mi sentimiento y que era lo mejor que podía hacer. Debía ser condenado a cadena perpetua; pero si la verdad deseaba que yo saliese de la cárcel y evangelizase al mundo, se podía confiar en que procuraría que así fuese. Entre tanto, no debería estar sometido a ninguna molestia que no fuese imprescindible para impedir mi fuga y, a menos que perdiese el privilegio por mala conducta, se me debía permitir ver de vez en cuando a mi hermano, que me había precedido en la prisión.

Han transcurrido siete años y aún sigo preso, y (exceptuando las esporádicas visitas a mi hermano) privado de toda compañía salvo la de mis carceleros. Mi hermano es uno de los mejores cuadrados, justo, sensible, alegres y no carente de afecto fraterno; pero confieso que mis entrevistas semanales, en un aspecto al menos, me causan el dolor más amargo. Él estuvo presente cuando se manifestó la esfera en la cámara del consejo; vio sus secciones cambiantes; oyó la explicación de los fenómenos que dieron luego los círculos. No ha pasado desde entonces una semana apenas, durante siete años completos, sin que oyese de mí una repetición del papel que desempeñé en esa manifestación, junto a amplias descripciones de todos los fenómenos de Espaciolandia, y los argumentos en favor de la existencia de cosas sólidas derivables por analogía. Pero (me avergüenza verme obligado a confesarlo) aún no ha captado la naturaleza de la tercera dimensión y proclama con toda franqueza su incredulidad por lo que se refiere a la existencia de una esfera.

Así que estoy absolutamente privado de conversos y, por lo que yo puedo ver, la revelación milenaria que se me hizo no ha servido de nada. Prometeo allá arriba en Espaciolandia acabó encadenado por entregar el fuego a los mortales. Yo (pobre Prometeo de Planilandia) yago aquí en prisión por no entregar nada a mis compatriotas. Pero vivo con la esperanza de que estas memorias puedan de alguna manera, no sé cómo, llegar hasta el pensamiento de los seres humanos de alguna dimensión y puedan impulsar la aparición de una raza de rebeldes que se nieguen a estar confinados en una dimensionalidad limitada.

Ésta es la esperanza de mis momentos más alegres. Desgraciadamente no siempre es así. Pesa sobre mí, agobiante a veces, la abrumadora reflexión de que no puedo decir honradamente que esté seguro de la forma exacta de aquel cubo que, como lamento a menudo, llegué a ver una vez; y en mis visiones nocturnas el misterioso precepto «hacia arriba, no hacia el norte», me acosa como una esfinge devoradora de almas. Es parte del martirio que soporto por la causa de la verdad el que haya períodos de debilidad mental, en que cubos y esferas se alejan hacia el telón de fondo de existencias escasamente posibles; en que el país de tres dimensiones parece casi tan visionario como el de una o ninguna; más aún, en que incluso esta dura pared que me separa de mi libertad, estos mismos cuadernos en que estoy escribiendo, y todas las realidades substanciales de la propia Planilandia, no parecen más que el producto de una imaginación enferma, o la trama sin base de un sueño.

The baseless fabric of my vision... THE END OF... Melted into air into thin air... FLATLAND... Such stuff as dreams... made on...

Autores británicos publicados
en la editorial Libros Mablaz

CLÁSICOS DE CIENCIA FICCIÓN

LOS PRIMEROS HOMBRES EN LA LUNA

H. G. Wells

LOS PRIMEROS HOMBRES EN LA LUNA

Herbert George
Wells

Prólogo de Ricardo Muñoz Fajardo
LA PROTOCIENCIA FICCION BRITÁNICA

132

(lomo) LOS PRIMEROS HOMBRES EN LA LUNA   H. G. Wells   132

CLÁSICOS DE CIENCIA FICCIÓN

EL ÚLTIMO HOMBRE
MARY SHELLEY

PRÓLOGO DE RICARDO MUÑOZ FAJARDO:
MARY SHELLEY Y LA CIENCIA FICCIÓN

ILUSTRADA POR MARI CARMEN LÓPEZ

EL ÚLTIMO HOMBRE

MARY SHELLEY

179

CLÁSICOS DE CIENCIA FICCIÓN

LA NUEVA ATLÀNTIDA

FRANCIS BACON

PRÓLOGO DE RICARDO MUÑOZ FAJARDO:
UTOPÍAS DEL SIGLO XVII

EL BOSQUE del FIN del MUNDO

WILLIAM MORRIS

PRÓLOGO DE RICARDO MUÑOZ FAJARDO:
EL CREADOR DEL ARTS & CRAFTS

341

EL BOSQUE del FIN del MUNDO

WILLIAM MORRIS

Publicaciones previstas:

H. G. Wells: *Una historia de los tiempos venideros*
(junio-2025)

Edición de 1902

Edward Bulwer-Lytton: *La Raza Futura*
(diciembre-2025)

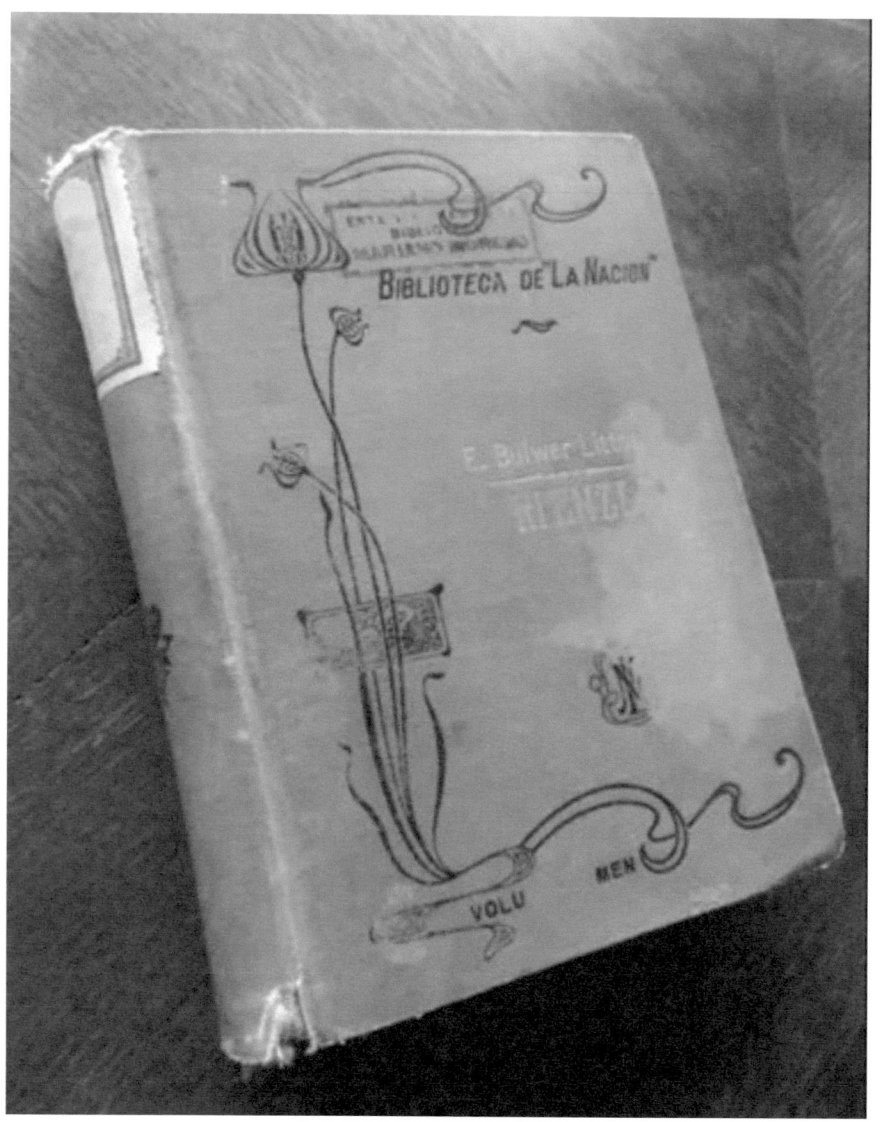

Edición de 1913

Libros Mablaz — Ciencia Ficción y Fantasía

http://librosmablaz.com/

Libros Mablaz CLÁSICOS de Ciencia Ficción recuperados

LM
CLÁSICOS

http://librosmablaz.com/

Libros Mablaz

Narrativa — Relatos

/www.librosmablaz.com/